Liebe

Stalking

Mord

von

Charlotte Bach

Kapitel 1

Die Frühlingssonne schien durch die roten Vorhänge und tauchte das Schlafzimmer in ein sanftes Rosa.

„Guten Morgen Schatz, kommst du mit zum Bäcker?", sagte Nadine, während sie in das schlafende Gesicht ihres Mannes sah.
„Ich schlafe noch. Warum weckst du mich?"

„Ach Thomas, erstens würdest du mir nicht antworten, wenn du noch schlafen würdest und außerdem ist es schon 8 Uhr."

„Hättest du mich nicht geweckt, würde ich noch immer schlafen."

„Alter Morgenmuffel. Ich geh ins Bad, du kannst dich ja noch mal umdrehen."

Nadine stand auf und lief mit ihren nackten Füßen auf dem warmen Teppich ins Bad.
Nach dem Zähneputzen sah sie sich sehr genau im Spiegel an.
Die Fingerspitzen hoben ihre Wangen an, zogen ihre Augen nach hinten, so dass sie sich zu einem Schlitz formten und strich ihre Stirn glatt.

„Oh je, du wirst alt, Nadine", sagte sie zu sich selbst.

„Du bist schon alt", schallte es aus dem Schlafzimmer.

„Thomas du Depp, ich dachte du schläfst noch."

„Ich habe mich nur nochmal umgedreht, außerdem

wollte ich nur die Wahrheit bestätigen."

Nadine schlich sich leise ins Schlafzimmer und riss Thomas die Decke weg.

„Ey, das ist kalt, gib mir meine Decke zurück."

„Ich glaube, ich bin leider zu alt, um mich nach deiner Decke zu bücken."

Thomas zog seine Frau ins Bett, hielt mit Leichtigkeit ihre Arme fest und setzte sich über sie.

„Na alte Frau, was machen wir jetzt? Wenn ich dich hier schon mal so liegen habe, kommen mir so einige Ideen."

„Mir würde da auch was einfallen. Du könntest mir Frühstück ins Bett bringen, alte Leute haben doch keinen Sex mehr."

Die beiden lachten so sehr, dass Thomas sich auf seine Bettseite rollte und sich den Bauch halten musste.

Nadine drückte ihren Kopf gegen seine trainierte Brust und streichelte sanft seinen Bauch.

„Triffst du dich heute mit Clara und Edda zum Essen?", fragte Thomas.

„Ja, wir wollen nach Bamberg ins Cocoon zum Sushi essen."

„Okay, dann gehe ich nachher mit Muffin spazieren und schaue dann Fußball."

„Mach das, ich gehe jetzt erst mal runter und mache uns

Frühstück."

Als Nadine die dunkle Holztreppe runter ging, wartete
ihre schwarze Labradorhündin Muffin schon auf sie und
wollte raus in den Garten.
Wie jeden Sonntag deckte sie liebevoll den Frühstücks-
tisch mit dem guten Porzellan, kochte Kaffee und ging
dann mit Muffin zum Bäcker Brötchen holen.
Bis Thomas mal langsam die Treppe runter schlurfte,
roch es bereits nach frisch gekochtem Kaffee und auch
Nadine war wieder vom Brötchen holen zurück.

„Willst du die Zeitung haben oder das Tablet?", fragte
Nadine

„Äh ... du weißt schon, dass meine Eltern eine Druckerei
haben und mir die Druckerei auch gehört? Also bitte die
Zeitung, ich mag das Gedruckte."

„Oh Entschuldigung, Herr Druckereimitinhaber, hier Ihre
Zeitung."

„Vielen Dank die Dame."

Nach dem Frühstück genossen Nadine und Thomas die
warme Frühlingssonne in ihrem kleinen gemütlichen
Garten, der voller Stauden und Obstbäumen war und
mit genug Wiese, dass Muffin darauf herum tollen
konnte.
Die ersten Blumen blühten und es roch nach Frühling.
Nach einiger Zeit verabschiedete sich Nadine von ihrem
Mann und fuhr nach Bamberg ins Cocoon, um sich mit
Edda und Clara zu treffen.

„Hallo Mädels", sagte Nadine.

„Hallo Nadine", antworteten Edda und Clara.

„So, was gibt's denn bei euch Neues? Clara, du strahlst ja so. Was ist denn bei dir los?"

„Ach Nadine, was soll ich sagen? Ich bin verliebt. Er heißt Stephan und ist Türsteher und er ist super sexy."

„Sexy ist natürlich das Wichtigste, oder? Siehst du das auch so Nadine?", fragte Edda mit einem ironischen Unterton.

„Ja ja, ist ja gut, er ist natürlich auch noch liebenswert und humorvoll und rücksichtsvoll und ..." Clara strich sich ihren schwarzen schräg geschnittenen Pony aus dem Gesicht und überlegte. „... und sexy."

Die drei Frauen lachten aus vollem Herzen.

„Ach Clara, ich freue mich für dich, und wenn Edda aufgehört hat zu lachen, freut sie sich sicher auch für dich. Aber jetzt erzähl doch mal wie ihr euch kennen gelernt habt."

„Na auf diesem Festival vor zwei Wochen. Ich hatte so ein Top an und man hat meine Tattoos gesehen. Dann hat er mich auf mein La Cathrina-Tattooo angesprochen und er fand es mega nice."

„Dein Ernst, Clara? Mega nice? Du wirst bald dreißig und klingst immer noch wie ein Teenie", merkte Edda an.

„Lass sie doch Edda! Erzähl weiter, du hast ihm also von deinen Tattoos erzählt, und dann?

„Ja, ich habe ihm halt gesagt, dass ich die in Berlin und in Nürnberg habe stechen lassen. Nach seinem Feierabend haben wir noch Jacky Cola getrunken und sind dann zu ihm nach hause. Er hat ne übelst geile Bude und wir haben uns seine Tattoos angeschaut.
Na ja, und irgendwann sind wir dann in der Kiste gelandet."

„Und seit dem seid ihr zusammen? Habt ihr auch schon was anderes gemacht außer euch zu vergnügen?", fragte Edda in einem strengen Ton.

„Nur weil du keinen Kerl abbekommst, brauchst du mich nicht vollzu labern, Edda. Wir machen sehr viel zusammen und ich mag ihn richtig gerne."

„Ist ja jetzt gut Mädels, ist doch schön, wenn ihr euch so gut versteht Clara. So, und jetzt schaut mal, unser Sushi kommt."

Die schwarze Platte mit dem ordentlich angerichtetem Sushi und der netten Garnitur stand zum Teilen für alle in der Mitte und die drei machten sich sofort drüber her.

„Ich überlege übrigens, ob ich meine Haare abschneiden lassen soll. Was sagt ihr dazu?", fragte Nadine vorsichtig.

„Auf keinen Fall", sagten Clara und Edda wie aus einem Munde.

„Nadine, mal im Ernst. Hast du´n Knall? Deine arschlangen Haare sind übelst geil und das Rot ist der Hammer. Deine Locken sind einfach nur nice und ich finde, du darfst sie nicht abschneiden."

„Sagte die Frau mit den kürzesten Haaren. Clara, deine Haare sind doch auch nur schulterlang. Okay, Eddas Haare sind echt lang, aber mit den Dreads sieht es immer so cool aus.
Meine fallen einfach nur runter und sehen durch die Locken total zerzaust aus und kämmen ist eine Katastrophe."

„Ich kann es verstehen, hätte ich meine geliebten blonden Dreads nicht, wären sie sicher auch kürzer. Nadine, dir würden sicher kinnlange Haare gut stehen. So kurze Locken sind der Hammer und sehen schick aus."

Nadine gefiel die Idee, ihre polangen Haare abzuschneiden immer besser.
Die Freundinnen aßen ihr Sushi auf und quatschten noch eine Weile, bis Edda sich verabschiedete.

„Ich muss los. Zuhause wartet Arbeit auf mich. Ich muss noch den Hühnerstall ausmisten, meine vorgezogenen Pflanzen gießen und so weiter."

„Mach´s gut Edda", sagte Nadine.

„Ciao, ciao", verabschiedete sich Clara.

„Sag mal Nadine, warum kann sich Edda nicht einfach mal für mich freuen?", fragte sie, als die beiden alleine waren.

„Ich weiß es nicht, Clara. Aber du weißt doch manchmal wie sie ist. Sie war früher schon so, ich glaube seit sie klein ist kann sie sich schon nicht mehr für andere freuen."

„Ach komm, jetzt nimm doch nicht immer ihre schlimme Kindheit als Entschuldigung für alles.
Du warst auch erst fünfzehn, als deine Eltern bei diesem Autounfall gestorben sind und du bist auch nicht so schrullig wie sie."

„Edda musste aber schon als kleines Kind viel mehr mitmachen. Wenn man so klein ist und vom Vater und Bruder verprügelt wird, ist es sicher viel schlimmer. Ich weiß ja, dass sie echt anstrengend sein kann, aber sie ist wie meine Schwester seit wir zusammen in dem betreutem Wohnen waren."

„Ja das weiß ich doch. Und sie kann ja auch der liebste Mensch der Welt sein. Nur manchmal eben, na ja..."

Auch Clara und Nadine verabschiedeten sich und fuhren nach Hause.

Kapitel 2

Am Abend tauchte die kleine Kugellampe das Wohnzimmer in ein sanftes Licht.
Sie kuschelten sich eng aneinander auf der großen tiefen Couch, auf der auch Muffin noch ein Plätzchen fand.
Der Film, der gerade lief, interessierte Thomas nicht wirklich und er fing an seine Frau zärtlich zu streicheln.

„Meinst du nicht wir sollten ein Baby bekommen, Nadine?", fragte Thomas.

„Ein Baby? Ich weiß nicht. Wir haben doch unser Muffin Baby."

„Muffin ist sieben Jahre alt und ein Hund. Ich rede von einem echten kleinen Menschenkind."

„Ach Thomas, ich weiß nicht. Es ist soviel Verantwortung und ich weiß nicht, ob ich bereit bin so viel aufzugeben."

„Was gibst du denn auf? Du musst nicht arbeiten, wir könnten so schön mit dem Kinderwagen durchs Gleisenauer Schloß spazieren und wir hätten einen kleinen Zwerg, um den wir uns kümmern können."

„Ja, ein Kind, das man wickeln und füttern muss, nachts aufstehen muss und so weiter. Mal eben ein Wochenende nach Österreich ist dann nicht mehr drin. Oder essen gehen, da kannst du das Kind auch erst mal nicht mitnehmen."

„Das wäre doch nur die erste Zeit. Versprich mir, dass du drüber nachdenkst Nadine."

„Ich verspreche es."

Nadine war nicht sonderlich begeistert von dem Kinderwunsch ihres Mannes, sie liebte ihre Freiheit und Unabhängigkeit.
Thomas war ein Einzelkind und hatte sich immer Geschwister gewünscht.
Für ihn bedeutete ein Kind der Welt etwas von sich zu hinterlassen, jemanden haben, dem man die Welt erklären konnte und einen Erben für die Druckerei zu haben.
Nadine sah es eher skeptisch, sie wusste, dass essen gehen mit ihren Freundinnen, einfach mal so shoppen gehen, spontan mit Thomas ein Wochenende weg fahren, ausschlafen und viele andere Dinge mit Kind nicht mehr möglich waren. Sie müsste einen großen Teil von sich aufgeben, und dazu war sie nicht bereit.
Noch nicht? Oder würde sie es vielleicht niemals sein?

„Guten Morgen Schatz, hast du schon in die Zeitung geschaut? Eine Frau aus Haßfurt ist verschwunden, eine Tamara Schmidt." sagte Thomas.

„Oh je, weiß man schon, was mit ihr passiert ist? Oder warum sie verschwunden ist?"

„Nein, man geht nicht davon aus, dass sie nur weg gelaufen ist. Eventuell hat sie sich verlaufen oder ist einem Verbrechen zum Opfer gefallen."

„Oh nein, wie furchtbar. Die arme Frau und die Familie."

„Kennst du sie etwa, Nadine?"

„Ich? Ach Thomas, woher soll ich die denn kennen? Meinst du es gibt einen geheimen Frauen-Club und wir sind alle vernetzt?"

Thomas zuckte mit den Schultern: „Irgendwie müsst ihr euch ja darüber austauschen, wie ihr die Männerwelt fertig machen könnt."

Nadine verdrehte nur die Augen und Thomas grinste sie frech an.
Die beiden kannten schon den speziellen Humor des anderen und wussten immer eine passende Antwort, um den anderen ein wenig aufzustacheln.
Thomas musste auf die Arbeit und Nadine nutzte die Zeit für einen ausgiebigen Spaziergang mit ihrer Labradorhündin.
Sie liefen am Ebelsbach vorbei zum Spielplatz, der morgens um acht menschenleer war.
Die ersten Sonnenstrahlen des Tages wärmten Nadine und sie fühlte sich frei und glücklich.
Als sie weiter ging durch das Gleisenauer Schloss, knarzte der Split unter ihren Schuhen und die Luft roch feucht und trotzdem frisch.
Nadine setzte sich wie so oft auf eine der Bänke.
Über ihr bildeten die Bäume eine Art offene Kuppel und die Knospen wollten nur langsam zu grünen Blättern werden.
Sie zog ihren Thriller aus der Tasche und las ein paar Seiten.

„Ach Muffin, hättest du gerne ein Baby?", fragte sie ihren Hund.
Die schwarze Hündin kam schwanzwedelnd zu Nadine.
Sie wusste, dass es nichts zu bedeuten hatte, Muffin freute sich immer über alles und jeden, doch sie redete weiter mit ihrem Labrador.

„Dann müsste ich nachts aufstehen, und stell dir mal vor die verschwundene Frau wäre unser Kind gewesen, das würde ich nicht verkraften.
Und was, wenn Thomas und ich sterben? So wie meine Eltern damals bei dem Autounfall gestorben sind?
Das einzige Positive sind wohl diese niedlichen kleinen Füße und Hände."
Muffin legte ihre Pfote auf Nadines Oberschenkel.

„Ja, du hast auch süße Pfoten mein Baby, genau, wir brauchen gar kein Baby, ich hab doch dich. Du machst genug Arbeit."
Nadine knuddelte Muffin und streichelte sie eine ganze Weile, bis eine kräftige Windböe sie frieren lässt.
Langsam machten sich die beiden wieder auf nach Hause, es war fast 11.30 Uhr, Thomas wollte heute zur Mittagspause Daheim sein und er erwartete sicher, dass Nadine etwas kochte.

Sie nahm den kleinen silbernen Topf von ihrem Küchenbuffet und füllte ihn mit Wasser.
Bis Thomas kam, waren die Nudeln gekocht und die Bolognese sauce aufgetaut.

„Hallo Schatz, schön dass du deine Mittagspause heute zuhause verbringst. Ich habe Spaghetti Bolognese ge-macht.
Ich hoffe das ist okay."

„Mehr als okay, mein Schatz", sagte Thomas und drückte Nadine einen dicken Kuss auf den Mund.

„Bist du betrunken Thomas? Oder woher kommt deine gute Laune?"

„Wir haben heute einen richtig großen Auftrag bekommen, eine Firma die Prospekte braucht, und wir sollen die drucken und eventuell auch noch die Werbeplakate."

„Wow, super Schatz! Das freut mich wirklich für euch."

An diesem Abend feierten Nadine und Thomas den Auftrag.
Draußen war es kalt, aber Nadine zog ihre dicke beige Strickjacke mit den großen Knöpfen an und Thomas machte ein kleines Feuer in der alten rostigen Feuerschale.
Sie mochten das einfache Leben und saßen gerne auf ihrer gemütlichen Terrasse.
Thomas streichelte zärtlich seiner Frau über den Rücken, stellte sein Glas Rotwein auf den Tisch, strich Nadines lange Haare beiseite und küsste sanft ihren Hals.
Nadine streichelte seinen Oberschenkel und ließ zu, dass Thomas mit seiner kalten Hand unter ihren Pullover ging.
Beide sahen sich verliebt an und küssten sich, bis Nadines Handy klingelte.

„Lass es klingeln Nadine, ich trage dich ins Schlafzimmer und raube dir den Verstand."

„Es ist Edda, die ruft nicht einfach so an um diese Uhrzeit, da muss ich hingehen."

Schmollend wie ein kleiner Junge, der im Supermarkt keinen Lutscher bekam, ließ Thomas von seiner Frau ab.

„Hallo Edda. Was gibt's denn?" Durch das Telefon konnte sogar Thomas Edda schluchzen hören und er wusste, dass der Abend gelaufen war.

„Tut mir leid Thomas, ich muss zu Edda, irgendwas mit Liebe, aber er liebt sie nicht oder so was. Ich habe nicht alles verstanden."

„Alles klar, mach du mal. Kommst du nach hause oder bleibst du dort?"

„Keine Ahnung, ich schreibe dir dann. Ich liebe dich. Tschüss."

Nadine wartete gar keine Antwort von Thomas ab, sie setzte sich in ihren kleinen schwarzen VW Beatle Cabrio und fuhr los zu Edda.
„Danke dass du gekommen bist, Nadine. Bin ich wirklich so wenig liebenswert? Warum?", fragte Edda.

„Jetzt beruhig dich doch erstmal, erzähl mir doch, was passiert ist."

„Also, ich habe jemanden in der Bar kennen gelernt. Wir haben gequatscht und uns echt gut unterhalten. Als es dann irgendwie doch ein bisschen weiter ging, sind wir zu ihm gegangen. Plötzlich wollte er nicht mehr und hat mich rausgeschmissen. So ein Arsch, ich bin so sauer."

„Aber One Night Stands sind doch gar nicht dein Ding. Warum regst du dich wegen so einem dahergelaufenen Arschloch auf?"

„Weil wir uns so gut verstanden haben, ich dachte, es könnte mehr daraus werden. Ich möchte auch nicht mein Leben lang alleine bleiben. Du hast Thomas, und sogar Clara, die One Night Stand-Königin hat einen Freund."

Nadine sah ihre Freundin mitleidig an und zog eine Tafel Schokolade aus der Tasche: „Essen wir Schokolade und schauen einen Film, Eddalein?"

„Du sollst mich nicht so nennen, aber Schoki und Film klingt super", antwortete Edda ihrer Freundin.

Sie sahen bis in die frühen Morgenstunden kitschige Liebesfilme und aßen Schokolade und Eis.
Beide redeten nicht miteinander, Edda half es, dass einfach jemand da war.
In ihrem gemütlichen kleinen Haus, das komplett aus Holz war, sah es eher aus wie auf einer Almhütte mit viel Deko.

„Soll ich über Nacht bleiben, Edda?"

„Danke Liebes, aber es geht. Ich musste mich wohl bloß mal aus heulen. Ich glaube, wir sollten auch langsam ins Bett gehen. Es wird bald hell, wenn wir noch eine Stunde warten."

„Ja, du hast recht, dann fahre ich mal. Ich hab dich lieb. Halt die Ohren steif."

Edda nickte und brachte Nadine noch zu der großen dunklen Holztür, die in den verwinkelten Garten führte und schließlich endete der Weg aus Rindenmulch am Tor.
Da Edda abseits wohnte und keine Nachbarn hatte, war alles stockfinster, nur der helle Mond tauchte den Garten in ein silbriges Licht.

Kapitel 3

„Guten Morgen Nadine", flüsterte Thomas seiner Frau zu, die auf der Couch geschlafen hatte, nachdem sie mitten in der Nacht heim gekommen war.

„Rieche ich da Kaffee? Ich fühle mich wie gerädert."

„Ja, das ist Kaffee, schau mal, ich habe schon eine Tasse für dich."

Thomas überreichte seiner Frau eine große rosa Tasse mit einem weißen Herz drauf und gab ihr einen zarten Kuss auf die Stirn.

„Danke."

Als ihr Mann aufstand und die Rollläden im Wohnzimmer öffnete, strömte das helle Licht der Frühlingssonne durch das Wohnzimmer.
Nadine kniff die Augen zusammen, pustete in ihren Kaffee und schlürfte einen Schluck.

„Leg dich doch nachher noch mal hin, Schatz. Wenn du magst, dann können wir uns ja so um 15 Uhr in Augsfeld am Kleidersee treffen und eine Runde mit Muffin spazieren gehen."

„Das klingt super, Thomas, dann schlafe ich nachher noch ein bisschen und dann treffen wir uns um drei dort. Muffin wird sich sicher freuen."

Die beiden verabschiedeten sich und schon kurz nachdem Thomas gegangen war, schlief Nadine wieder ein.

Sie hatte einen sehr merkwürdigen Traum, von einer Blumenwiese, auf der sie mit Muffin lief, Nadine rannte immer weiter und plötzlich öffnete Muffin seine Flügel und flog hoch in den Himmel. Völlig verzweifelt griff Nadine nach ihrem Hund, doch sie konnte ihn nicht erreichen.
Sie schlug ihre Augen auf und sah sofort nach, ob Muffin noch da war.

„Ja ich weiß, Frauchen ist blöd. Es war ja nur ein Traum, natürlich bist du noch da", sagte sie zu Muffin und streichelte ihr kurzes weiches Fell.

„Hi Thomas, wartest du schon lang auf uns?"

„Nee Schatz, ich bin auch gerade erst angekommen. Ich habe mir ein bisschen Arbeit mit nach Hause genommen, also habe ich den ganzen Nachmittag Zeit für dich und muss heute nicht mehr ins Büro."

„Ah cool, dann können wir ja nach dem Spazieren noch irgendwas essen gehen, oder?"

„Ja klar, können wir machen."

Die Sonne glitzerte auf dem Wasser des Baggersees und obwohl es für April ein sehr schöner Tag war, waren Nadine und Thomas alleine am See.
Die Luft war klar und kühl und die Sonnenstrahlen wärmten die beiden. Wie zwei frisch Verliebte gingen sie Hand in Hand spazieren.

„Muffin, was machst du da schon wieder?" schrie Nadine.

„Ach Nadine, lass sie doch buddeln, hier stört es doch keinen, so lange sie meinen Garten in Ruhe lässt."

„Das letzte Mal hat sie sich in Reh kacke gewälzt und in irgendwas Ekligem. Was, wenn sie diesmal toten Fisch ausbuddelt oder so was?"

„Dein Hund ist echt eklig. Aber zur Not baden wir sie in Tomatensaft."

Thomas legte seinen Arm um Nadines schmale Schultern und drückte sie an sich.
Seine blauen Augen sahen sie mit einem Dackelblick an:
„Können wir dann zum Griechen essen gehen?
Bitte bitte."

„Och nee, ich hasse griechisch. Muffin, jetzt komm her."

„Lass doch den Hund jetzt mal in Ruhe. Schau lieber in meine treuen Augen und sag mir, dass wir zum Griechen essen gehen."

„Ja gut, ich finde auch beim Griechen irgendwas. Dann aber nach Sylbach zum Restaurant Korfu, oder?"

„Ja na klar. Oh, da freue ich mich schon drauf."

Nadine lief durch das frische Gras, welches sich allmählich aus der Erde kämpfte, zu Muffin rüber, die an irgendetwas zu lecken begann.
Als sie kurz davor war zu sehen, was ihr Hund dort ableckte, stieg ein beißender, fauliger Geruch in ihre Nase.
Es stank so bestialisch, dass ihr Magen sich zusammenzog.

„Muffin, geh weg, sofort." Nadine lief zu Muffin und leinte die Hündin an. Danach ging sie zu Thomas und sah ihn mit großen Augen an.

„Schatz, was ist denn los? Du bist ja ganz blass. Hast du ein Gespenst gesehen?"

„Nein, aber eine Leiche."

Thomas traute seinen Ohren nicht. „Wie eine Leiche? So richtig tot?"

„Nee Thomas, tot war sie nicht, eher so halb. Nur ein bisschen tot."

„Dein Sarkasmus ist gerade echt fehl am Platz."

„Du hast doch angefangen so doof zu fragen. Hast du dein Handy dabei, damit wir die Polizei rufen können?", fragte Nadine.

Thomas kramte in den großen Taschen seines oliv grünen Parkers und zog sein Smartphone heraus.

„Ich rufe an, nimm du mal den Hund", sagte er.

Es schien ewig zu dauern bis die Polizei da war, doch als sie auf die Uhr sahen, waren gerade mal 8 Minuten vergangen.
Nadine zeigte den Beamten die Stelle, an der Muffin gegraben hatte.
Dort blitzte etwas Blaues hervor, etwas aus Plastik, wie ein Müllsack, und aus diesem Müllsack hatte Muffin eine schlanke, dreckige Hand mit einem goldenen Ring am Finger befreit.

Nadine und Thomas wurden kurz befragt und mussten für weitere Fragen ihre Daten hinterlassen, danach durften sie nach Hause gehen.

„Also ich habe jetzt keine Lust mehr aufs Essen gehen. Bei dem Gedanken, dass da eine Leiche verscharrt war, dreht sich mir immer noch der Magen um", sagte Thomas, während er Muffin in den Kofferraum seines Audi Q7 schickte.

„Ich kann uns ja nachher eine Pizza in den Ofen schieben, wir müssten noch Salami und Schinken haben. Lass uns doch erst mal heim fahren."

Als sie zuhause ankamen, setzten sie sich erst mal auf die Couch und schnauften durch.

„Schnaps?" fragte Nadine

„Unbedingt", antwortete Thomas.

Nadine holte einen Himbeerlikör für sich und einen Williams Christ Birnen-Brand für Thomas.
Wortlos tranken sie den ersten, dann den zweiten und kurz danach einen dritten.

„Meinst du es war diese verschwundene junge Frau, die wir gefunden haben, Nadine?"

„Keine Ahnung, aber es könnte eine Frau gewesen sein, die Finger waren so lang und schmal und der Ring war ganz zart."

„Das wäre furchtbar."

Die beiden schwiegen sich den ganzen Abend an und gingen ohne etwas zu essen ins Bett.
Die Nacht war für beide sehr unruhig, die Gedanken an die Leiche ließen beide nicht los.

Am nächsten Morgen war die Stimmung schon wieder etwas besser.
Natürlich war der Leichenfund nicht vergessen, aber es war ein wenig gesackt, bis Thomas die Zeitung aufschlug.

„Schatz, es steht schon in der Zeitung mit der Leiche."

„Was? So schnell? Und was steht da? Weiß man schon wer es war oder was passiert ist?", wollte Nadine wissen.

„Da steht nur, dass es eine Frau war, die wohl verstümmelt wurde und dass noch geklärt wird, ob es sich um die verschwundene Tamara Schmidt handelt und dass Spaziergänger, also wir, die Leiche gefunden haben."

„Oh man, das ist ja schrecklich. Die arme Frau und die arme Familie."

„Schatz, ich muss los, du gehst ja eh mit den Mädels frühstücken, oder?"

„Ja, wir wollen uns treffen, bevor Edda ihren Laden aufmacht."

„Also, pass auf dich auf." Thomas gab seiner Frau wie jeden Morgen einen Kuss und fuhr in die Druckerei.

Kapitel 4

„Guten Morgen Clara, Edda und ich haben schon bestellt. Wir haben einfach von allem etwas genommen, ich hoffe, das ist okay?"

„Guten Morgen Nadine, hallo Edda. Klar ist das okay, du weißt doch, ich esse alles."

„Habt ihr von der Leiche gehört, die gestern gefunden wurde?", fragte Nadine während sie ihr Brötchen auf schnitt.

„Ja, das stand heute in der Zeitung, die wollen jetzt schauen, ob´s diese Tamara Schmidt sein könnte, oder?", antwortete Clara.

„Ja genau, Thomas und ich haben die Leiche gefunden."

„Was? Echt jetzt? Das ist ja mal übelst krass. Wie habt ihr die denn gefunden?", fragte Clara.

„Muffin hat sie ausgegraben. Na ja, ihre Hand."

„Wie ihre Hand?" wollte Edda wissen.

„Muffin hat mal wieder gebuddelt und ich dachte, sie wälzt sich in totem Fisch oder so. Aber als ich näher hingegangen bin, habe ich schon diesen Gestank in der Nase gehabt. Einfach ekelhaft."

„Habt ihr mehr gesehen? Also wie die Leiche aussah oder so was?" fragte Edda.

„Nein, wir haben nur die Hand gesehen, mehr hatte sie

zum Glück nicht ausgegraben. Das hat dann die Polizei gemacht."

„Das klingt sau gruselig. Findest du nicht auch, Edda?"

„Ja, irgendwie schon."

Die Frauen genossen ihren Kaffee und aßen ihr Frühstück in der netten Bäckerei, die recht modern und super gemütlich eingerichtet war.
Alles in Erdtönen, was irgendwie perfekt zu einem Bäcker passte.

„Ich muss euch was sagen. Ich bin total verliebt", verkündete Edda ganz beiläufig, als würde sie über das Wetter reden.

„Uh, in wen denn? Kennen wir ihn? Und weiß er von deiner Liebe?", fragte Nadine.

„Nee, ich habe gar nichts gesagt. Die Person ist verheiratet und es wird wohl leider eine einseitige Liebe bleiben."

„Oder du ziehst dir was Geiles an und überzeugst ihn davon, dass du besser bist als seine Olle zuhause. Bei deiner Figur würde er sicher auf dich fliegen, wenn du mal ein bisschen Titten zeigen würdest."

„Ach Clara, ich glaube nicht, dass Edda ihn ausspannen würde. Und nur weil du gerne Ausschnitt trägst, muss sie es nicht auch tun. Man kann doch auch Eindruck auf Männer machen, ohne dass man seine Dinger wie zwei Melonen aus der Bluse quetscht."

„Ach ihr nun wieder. Da erzählt man euch einmal was

und ihr unterhaltet euch über meine Brüste."

Die drei kicherten wie Teenager, die das Wort Brüste zum ersten Mal hörten.

Als Clara ging, horchte Nadine Edda noch aus über den verheirateten Mann, den Edda scheinbar liebte.

„Es ist aber nicht dieser Arsch, wegen dem ich dich letztens Nachts getröstet habe, oder?"

„Nein, es ist der Typ, wegen dem ich mich mit diesem Arsch trösten wollte."

„Aha, das klingt nicht viel besser Edda. Aber woher kennst du ihn denn überhaupt?"

„Wir kannten uns schon früher und jetzt habe ich ihn wieder getroffen. Ich war schon mit fünfzehn oder sechzehn in ihn verliebt, das war wohl nie ganz weg."

„Wie ist er denn so?"

„Er ist einfach wundervoll. Er sieht fantastisch aus, sportliche Figur, tolle Haare, ist süß, witzig und liebenswert. Sogar kochen kann er und er würde mich sicher verwöhnen. Nur leider will er nichts als Freund-schaft von mir. Ich weiß aber nicht, ob ich das kann."

„Hm, das kann ich verstehen, das ist echt eine schwere Situation. Ich glaube, du solltest ihm aus dem Weg gehen. Das ist doch nur Quälerei für dich."

„Ja, wahrscheinlich hast du recht. Sag mal, muss Thomas nicht nächste Woche auf diese Messe? Vielleicht können wir ja dann Abends was zusammen machen."

„Stimmt, das ist ja schon nächste Woche. Ja klar, ich melde mich dann einfach mal bei dir. Aber jetzt muss ich los, zuhause wartet noch die Wäsche auf mich."

„Na dann mal viel Spaß, mach's gut, bis bald."

„Bis bald Edda und halt dich von dem Typen fern."

Edda nickte und nahm ihre Freundin in den Arm, ein Schwall Kokosduft stieg ihr in die Nase, den sie behutsam einatmete, als wolle sie den Duft konservieren.

Einige Tage später musste Thomas zu seiner Geschäftsreise aufbrechen.

„Nadine, was hast du denn mit meinem Koffer gemacht?"

„Gepackt, wie immer."

„Ja, aber was sind das für komische Bündel?

„Ich habe ein YouTube-Video gesehen und wollte es ausprobieren. Du hast jetzt für jeden Tag ein Outfit in einem Päckchen, und angeblich sollen deine Hemden nicht knittern, aber ich habe dir trotzdem das Reisebügeleisen eingepackt."

„Du und deine YouTube Videos". Er lachte, denn er kannte ihre Vorliebe, die auf YouTube entdeckten Tipps immer direkt ausprobieren zu wollen – leider meistens an ihm. Aber okay, ich teste es mal für dich wenn du willst. Ein Vorteil ist auf jeden Fall, dass ich noch nie so viel Platz in meinem Koffer hatte."

„Na siehste, dann hat es sich doch schon mal gelohnt, dann kannst du dir noch ein paar Chips einpacken."

„Ach, das kaufe ich mir in München, die Messe geht glaube ich eh nur bis 18 Uhr, da kann ich mir vorher oder nachher noch was holen."

„Mach das. Ah, ich glaube dein Vater ist da, du musst los."

„Ich liebe dich Schatz, pass auf dich auf, okay?"

„Ich liebe dich auch und ich passe immer auf mich auf."

Nadine begleitete Thomas noch zur Haustür und winkte ihrem Schwiegervater Heinz freudig zu.
Die schönen Frühlingstage hatten sich zu nass kaltem Wetter gewandelt, würde der Kalender nicht Ende April anzeigen, hätte man denken können, es wäre ein Tag im November.
Nass und kalt und auch die Bäume hatten erst wenige Blätter.
Nadine freute sich, dass sie ein paar Tage nur für sich hatte.
Auch wenn sie sonst viel Freizeit hatte, genoss sie es, wenn sie auch die Nächte alleine war, das große weiche Bett für sich hatte oder einfach nachts lange spazieren gehen konnte, ohne dass jemand zuhause auf sie wartete.
Nadine machte den Tag zu einem für sie perfekten Tag.
Zum Frühstücken fuhr sie nach Bamberg in ein kleines Café in der Stadt, danach shoppte sie sich durch die Innenstadt und kaufte sich ein schwarzes kurzes Kleid mit einem tiefen Ausschnitt am Rücken, welches sie für Thomas tragen wollte, wenn er Freitag zurück kam.
Anschließend ging sie am Bahnhof Bamberg ins Cocoon

zum Sushi essen.

Als sie wieder zuhause ankam, wartete Muffin schon schwanzwedelnd auf sie.
Nadine schlüpfte in ihre gemütliche schwarze Jogging Hose, zog die dicken warmen Boots und eine graue Jacke an und ging mit ihrer Hündin spazieren.
Die beiden waren lange unterwegs und liefen auf dem Ebelsberg zu einer kleinen Aussichtsbank, von der aus man Ebelsbach überblicken konnte.
Sie sah die zwei Tankstelle, die unzähligen Einkaufsmöglichkeiten und sogar die Papierfabrik im Nachbarort
Eltmann.
Nadine liebte es, dem Trubel von oben zu zusehen, aber nichts davon zu hören.
Sie war oft mit Muffin hier oben, um nachzudenken, zu lesen oder einfach nur abzuschalten.
Bei diesen Ausflügen lag ihr Hund immer unter der Bank und schlief.

An diesem Tag kreisten Nadines Gedanken um alles mögliche, um Babys, um die tote Frau, was sie machen würde wenn Muffin mal nicht mehr da wäre und um ihr Beziehung zu Thomas.
Nachdem sie eine ganze Weile so dagesessen und über alles mögliche nachgedacht hatte, wurde es um sie herum immer dunkler.

„Oh Gott, Muffin, komm. Es wird schon dunkel und ich hab nicht mal mein Handy eingesteckt, um uns ein bisschen Licht zu machen."

Es wurde innerhalb kürzester Zeit ziemlich düster, doch sie hatten es schon fast bis ganz nach unten geschafft, als Muffin plötzlich ins Dunkel bellte.

„Komm her Muffin. Da ist sicher nur irgendein Viech. Wir müssen nach Hause."

Genau in dem Moment, in dem Nadine sich zu Muffin drehte, um sie zu holen, rammte eine schwarz gekleidete Person sie an der Schulter, so dass sie zu Boden fiel.
Sie sah noch, wie die Gestalt weiter den Berg runter rannte, doch sie konnte weder erkennen, ob es ein Mann oder eine Frau war, noch wo die Person hin gerannt ist.
Nadine stand auf, klopfte das Laub von ihrem Körper ab und zog sich ein paar kleine Zweige aus den Haaren. Noch etwas benommen torkelte sie mit Muffin nach Hause.
Dort angekommen, schmiss Nadine ihre Jacke in die Ecke des Flures, zog ihre Schuhe neben der Couch aus und ließ sich direkt auf das Sofa fallen. Wenige Minuten später riss das penetrante Klingeln ihres Handys Nadine aus dem Schlaf.

„Ja, hallo?"

„Hallo Nadine, ich habe mir Sorgen gemacht, du bist die ganze Zeit nicht ans Handy gegangen. Was war denn los?"

„Ach nichts, ich war vorhin mit dem Hund auf dem Ebelsbach spazieren und hatte mein Handy vergessen, und eben bin ich dann eingeschlafen."

„Es ist gerade mal 19.00 Uhr, geht's dir nicht gut?"

„Alles gut Schatz, ich habe nur Kopfschmerzen."

„Achso, okay, dann leg dich mal wieder hin."

„Ja das mache ich. Grüß deinen Vater von mir."

Nach dem Telefonat hatte Nadine ein schlechtes
Gewissen, hätte sie Thomas von der Begegnung auf dem
Berg erzählen sollen? Thomas hätte sich nur Sorgen ge-
macht und Nadine hätte sich eine Predigt anhören dür-
fen, das sie vorsichtig sein und nicht alleine raus sollte,
wenn es dunkel ist und so weiter.
Nee nee, so war es sicher besser.
Im Bad sah sie an sich runter, ihre Hose war noch immer
voller Erde und Blätter.
Nadine ließ sich Badewasser in die Whirlpool-Wanne ein
und gab ein Badeöl mit Minze und Rosmarin dazu.
Sie ließ sich in das angenehme warme Wasser gleiten
und starrte die weiße Decke über der Badewanne an.
Noch von dort aus rief sie Edda an, die zwanzig Minuten
später vor der Tür stand.

„Hey Nadine, was ist denn los?" fragte Edda.

„Komm erstmal rein."

Nadine setzte sich in ihrem flauschigen grauen Overall
auf die Couch und nahm die Kuscheldecke weg, damit
sich auch Edda setzen konnte.

„Ich habe uns einen Tee gemacht, ich hoffe das ist
okay?"

„Ja klar, aber jetzt sag doch mal was los ist, du hast dich
total komisch am Telefon angehört", sagte Edda,
während sie ihre blonden Dreads zu einem großen Knoten aufwickelte.

„Ich war mit Muffin auf dem Ebelsberg spazieren.
Als wir wieder runter gelaufen sind, hat mich jemand

angerempelt, so dass ich voll hingeknallt bin."

„Oh man, geht's dir gut? Hast du dir was getan?"

„Nein, alles gut." Nadine nahm einen Schluck von ihrem Tee und fuhr fort. „Aber es war so merkwürdig. Er war komplett schwarz angezogen mit schwarzem Tuch vor dem Gesicht und Kapuze auf dem Kopf. Außerdem ist er einfach weitergelaufen. Ohne was zu sagen."

„Bestimmt ein Jogger, was ist denn mit dir los? Du bist doch sonst nicht so schnell eingeschüchtert."

„Ach, ich weiß auch nicht Edda, seit wir die Leiche gefuden haben, bin ich irgendwie paranoid. Warum passieren bei uns so schlimme Sachen?"

Edda legte einen Arm tröstend um Nadines Schulter. „Ich war auch paranoid. Als Paul damals bei dem Autounfall starb, habe ich bei jedem Autofahrer vermutet, dass er betrunken war, falsch bremsen würde oder sonst was passieren würde. Das geht vorbei mit der Zeit."

„Das muss schlimm für dich gewesen sein damals."

„Ja, du weißt doch, wie es mir damals ging. Es hat lange gedauert, bis ich darüber hin weg war. Alles hat mich an ihn erinnert, egal ob es seine Lieblingsschokolade im Supermarkt oder ein Typ, der sein Parfum drauf hatte, war."

„Schrecklich, das kann ich mir gar nicht vorstellen."

„Na ja, es ist Vergangenheit, ich kümmere mich jetzt lieber um meine aktuelle Liebe", sagte Edda und strahlte bis über beide Ohren.

„Ich bin mal gespannt, in wen du so verschossen bist. Egal wer es ist, wer dich mal abbekommt, hat echt Glück."

„Weißt du was mir da gerade einfällt? Kannst du dich daran erinnern, als wir in bei dem betreuten Wohnen knutschen geübt haben?"

Nadine kamen Tränen vor Lachen in die Augen geschossen. „Ach Gott, ist das lange her. Es war das erste und einzige Mal, dass ich ein Mädchen geküsst habe. Es war so nass und schleimig. Wir hatten echt noch viel zu lernen."

„Das waren noch Zeiten, manchmal vermisse ich es."

„Na ja, es geht eben alles weiter."

Der Mond schien fast Tag hell in das Sprossenfenster des Wohnzimmers, es war schon bald Mitternacht und beide waren erschrocken darüber, wie schnell die Zeit vergangen war. Obwohl Edda es nicht weit bis nach Hause
hatte, beschloss sie über Nacht bei Nadine zu bleiben. Die Freundinnen machten sich noch einen schönen Abend, tranken Wein, schauten einen Liebesfilm und gackerten wie Schulmädchen.

Sie wachten erst auf, als die Sonne zum Fenster rein schien und ihre freie Haut wärmte.
Als der Duft von frischem Pfefferminztee im Haus schon fast verflogen war und es schon Nachmittag war, machte sich Edda auf den Weg nach Hause.
Nachdem ihre Freundin weg war, fing Nadine an die

Spuren der letzten Nacht zu beseitigen.

Sie hätte nicht gedacht, dass so viel Wein in der letzten Nacht geflossen war.

Als sie Muffin raus in den Garten ließ, schlüpfe Nadine in ihre Gartenschuhe und nutzte die Gelegenheit, um die Post zu holen. Die Sonne schien von Tag zu Tag mehr, die Krokusse blühten und man merkte, dass der Sommer nicht mehr weit war.

Nadine ging die Auffahrt herunter und öffnete das große schwarze Schiebetor, um an den Briefkasten zu kommen, aus dem silbernen amerikanischen Briefkasten nahm sie einen weißen Umschlag ohne Namen drauf heraus und schlurfte den Weg wieder zurück ins Haus.

Sie öffnete vorsichtig den Brief, im ersten Moment dachte sie an Werbung, doch da wäre ja zumindest eine Firma drauf oder irgendein Logo oder so.

Während sie den Brief heraus zog, fielen einige rote Rosenblätter zu Boden.

Ich liebe dich. Wir gehören zusammen, stand in grünen Buchstaben auf dem dünnen Briefpapier.

Nadine war verwirrt und glaubte an einen Fehler, irgendwer musste den Brief wohl falsch eingeworfen haben.

Sie kehrte die Blütenblätter zusammen und schmiss sie mitsamt dem Brief in den Müll.

Kapitel 5

Thomas und Nadine telefonierten jeden Abend, doch von dem Brief sagte sie ihrem Mann nichts.
Sie hielt es für so unwichtig, dass sie nicht mal Clara und Edda davon erzählte.
Am Donnerstag kaufte Nadine alles ein, um Thomas am Freitag sein Lieblingsessen zu kochen: Lasagne.
Als sie schon fast aus dem Laden war, sah sie die Zeitung.
Wieder war eine Frau verschwunden.
Nadine musste sofort an die Leiche denken und hoffte einfach nur, dass diese Frau unversehrt wieder auftauchen würde.
Den letzten Abend ohne Thomas wollte sie noch mit den Mädels verbringen und reservierte einen Tisch bei einem Inder in der Bamberger Innenstadt.
Die Frauen ließen sich ihr Essen schmecken und redeten über Gott und die Welt, bis, ja bis Clara mit einem Geheimnis herausplatzte:

„Ich bin schwanger". Ihre Nachricht überraschte die Freundinnen.

„Was? Hast du davon gewusst, Nadine?" Edda war vollkommen baff.

„Nein, ich hatte keine Ahnung."

„Wie konnte das passieren?" fragte Edda.

„Stephan und ich hatten Sex. Ach Edda, muss ich dir das jetzt echt erklären? Ich dachte du weißt wie der Hase läuft."

„Haha, du bist ja mal wieder lustig. Mann, ihr seid doch erst ein paar Monate zusammen und du bist schwanger, habt ihr nicht aufgepasst?", fuhr Edda fort.

„Es ist eben passiert, was soll ich sagen? Wir haben lange drüber nachgedacht und viel drüber geredet, und jetzt finden wir es einfach nur mega nice, dass in meinem Bauch ein Baby heran wächst."

„Also ich freue mich für euch." Nadines Freude klang von Herzen kommend. „Okay, es war jetzt echt ein bisschen schnell, aber den richtigen Zeitpunkt gibt es doch eh nicht. Und dein Bauch ist ja wohl alles andere als speckig, du Nudel!"

„Danke Nadine. Na ja seit ich keinen Sport mehr mache, ist schon etwas Fett dazu gekommen. Aber was soll's, die nächsten Monate macht mich dieser kleine Alien in mir eh fett."

„Und was macht ihr mit dem Baby? Zieht ihr zusammen? Oder bleibt jeder bei sich wohnen und ihr wechselt euch dann ab mit Eltern spielen?", fragte Edda.

„Wir spielen nicht Eltern, wir sind bald Eltern. Und wenn du es genau wissen willst, Stephan zieht zu mir, ich habe ja drei Zimmer."

Edda verdrehte ihre rehbraunen Augen, sie fand Claras Einstellung kindisch und unmöglich.
Man konnte doch nicht einfach so ein Kind in die Welt setzen, einfach so weil es einfach passiert.
Edda mochte Kinder nicht besonders und wollte nie welche haben. Warum auch? Ein Kind in diese Welt setzen war für Edda unverantwortlich.

„Wann kommt denn euer Baby? Wisst ihr schon, was es wird?", wollte Nadine wissen.

„Irgendwann Mitte Februar kommt es. Wir wollen aber gar nicht wissen, was es wird und lassen uns da überraschen"

„Das könnte ich glaube ich nicht, wenn ich mal ein Kind bekomme, möchte ich schon wissen, was es wird", sagte Nadine.

Edda verschluckte sich fast an ihrem Wasser: „Ich denke du willst keine Kinder?"

„Na ja, ich weiß es nicht, vielleicht ja doch eins. Thomas wünscht es sich so sehr und Kinder sind ja schon niedlich. Alleine die kleinen Füße und das Gebrabbel und wenn sie größer sind dann die ersten Schritte machen."

„Du kommst ja gar nicht mehr aus dem Schwärmen raus, dann sind wir wohl nächstes Jahr beide Mütter", stellte Clara grinsend fest.

„Genau, ihr zwei als Supermamas und ich der Depp, der dann alleine ist, weil ihr irgendwo auf dem Spielplatz seid. Ganz toll." Edda klang eingeschnappt.

„Ach komm Edda, so ein Quatsch. Clara bekommt das Baby, ich habe nur gesagt, dass ich mir vielleicht doch vorstellen kann, irgendwann ein Kind zu bekommen. Aber sicher nicht mehr in diesem Jahr, so eilig habe ich es echt nicht.
Und wir können auch noch was zu dritt machen wenn wir beide mal ein Kind haben. Außerdem weiß ich noch gar nicht, ob ich das will."

„Ja ja, macht ihr nur. Ich muss jetzt eh los", brummelte Edda, legte zwanzig Euro auf den Tisch und ging.

„Was hat sie denn?", fragte Clara.

„Vielleicht ist ihr die Blondierung in den Kopf gestiegen. Ach, was weiß ich. Sie kriegt sich schon wieder ein. Edda kam noch nie gut mit Veränderungen zurecht. Sie mag halt das Gewohnte, bis jetzt waren alle Veränderungen in ihrem Leben immer schlecht: Der neue Freund ihrer Mutter, der sie als Kind geschlagen hat, dann das Kinderheim, in dem die anderen sie so geärgert hatten, der Unfall, bei dem ihr Freund damals ums Leben gekommen ist und und und … "

„Na ja, ich weiß schon, dass sie eine schlimme Kindheit hatte, aber das kann doch nicht die Entschuldigung für alles sein."

„Nein, natürlich nicht Clara, aber ich kann es schon irgendwie verstehen, dass sie Angst hat, wieder außen vor zu sein."

„Ja schon, aber es war doch nur ein Spaß, dass wir dann nächstes Jahr beide ein Baby haben werden."

„Mir brauchst du das nicht erklären, ich weiß das", entgegnete Nadine und verabschiedete sich dann von Clara.

Am nächsten Morgen wurde Nadine von Muffins gebell geweckt.
Schlaftrunken lief sie die Holztreppen herunter und öffnete die große schwere Holztür.
Ihre Hündin stürmte an ihr vorbei und bellte den leeren Garten an.

Auf der Stufe vor der Treppe lag wieder ein Brief.
Wie kam der nur dorthin? Nadine war sich sicher, das
Tor abgeschlossen zu haben.
Sie nahm den Brief und ging herein.
Auch dieses Mal fielen Rosenblätter aus dem Umschlag
zu Boden und es gab wieder einen Zettel mit grüner
Schrift: Ich liebe dich Nadine, du bist die schönste Frau
der Welt. Ich freue mich eines Tages deine vollen Lippen
zu küssen.

Wer hatte diesen Brief nur geschrieben? Dann war der
letzte Brief wohl doch für sie gewesen.
Sie nahm den Zettel und legte ihn unter ihren Stapel mit
Zeitschriften. Wenn er von Thomas war, würde er sie
sicher drauf ansprechen. Doch wie hätte er den Brief
dort hinlegen können, wenn er doch in München war
und auf dem Brief keine Adresse und Briefmarke war?

Nadine versuchte sich abzulenken, und nachdem sie die
Lasagne in den Ofen geschoben hatte, putzte sie das
halbe Haus, räumte Schubladen aus, sortierte ihre
Schränke und wischte Staub.
Als Thomas kam blitzte das ganze Haus, und schon als er
die Tür aufmachte, stieg ihm der Duft von frisch
gebackener Lasagne in die Nase.

„Nadine?", rief er durchs Haus.

„Ah hallo Schatz, schön dass du schon da bist."

„Was ist bei dir los? Ist irgendwas passiert?"

„Was? Warum sollte was passiert sein?"

„Wie lange kennen wir uns? Das letzte Mal, als das Haus
so sauber war, hatten wir Streit und du hast gedroht

auszuziehen."

„Ach das war ein doofer Streit damals. Ich wollte es halt schön machen wenn du kommst."

„Nadine, jetzt sag mir was los ist."

„Clara ist schwanger. Ich habe gesagt, dass ich es mir vielleicht auch vorstellen könnte doch Kinder zu bekommen. Da hat Edda sich total ausgeschlossen gefühlt und so getan, als würden Clara und ich jetzt einen geheimen Baby-Club gründen und nie mehr was mit Edda unternehmen."

Nadine war nicht wohl dabei ihren Mann anzulügen, doch sie wollte ihm auch nicht von diesen komischen Liebesbriefen erzählen und so ganz gelogen war es ja auch nicht.

„Wusste ich es doch, dass du was hast. Warum sagst du mir sowas nicht gleich?"

Nadine zuckte mit ihren Schultern.

„Komm her Nadine, lass dich erst mal drücken mein Schatz. Schau mal, ich habe dir was mitgebracht."

„Danke Schatz", sagte sie und gab ihm einen Kuss. Nadine zog einen schwarzen Faserball aus der rosa Tüte heraus. Als sie es entwirrte, zeigte sich ein knapper Stringtanga, der mehr aus Strippen als aus Stoff bestand.

„Zieh ihn doch mal an, der passende BH ist auch noch in der Tüte."

„Äh Thomas, das ist ne Schnur, wie sieht denn bitte der BH aus?"

„Na sexy, das steht dir sicher gut." Thomas grinste, während er seine Hände auf ihren Po legte und sanft ihren Hals küsste.

„Scheiße, die Lasagne!"

Nadine stürmte in die Küche und machte den Ofen auf. Sie hatte Glück, der Käse war zwar recht dunkel geworden, aber es war noch absolut essbar.

Die beiden setzten sich an den schön gedeckten Tisch und aßen gemeinsam.
Nadine erzählte ihrem Mann was die Woche über alles passiert war.
Von der lustigen Nacht mit Edda, die Details von Claras Schwangerschaft und natürlich davon, dass wieder eine Frau verschwunden war.
Die merkwürdige Begegnung mit der schwarz gekleideten Person auf dem Ebelsberg und die Briefe ließ sie einfach aus.
Nadine wollte nicht, dass Thomas sich Sorgen machte, auch wenn sie nicht mal wusste, ob man sich darüber überhaupt Sorgen machen musste oder nicht.

Kapitel 6

Als Nadine eine Woche keinen Brief bekommen hatte, konnte sie wieder ein wenig entspannen.
Ihr Leben ging normal weiter: Treffen mit Clara und Edda, essen gehen mit Thomas und ausgiebige Spaziergänge mit Muffin.
Edda und Clara hatten sich wieder vertragen und sie trafen sich wieder regelmäßig zu dritt.

„Ach Thomas, es war eine super Idee von dir essen zu gehen. Ich bin so müde heute, da hätte ich keinen Bock gehabt zu kochen."

„Ja, manchmal habe ich eben auch gute Ideen."

„Sag mal Schatz, was wäre denn, wenn wir noch einen Hund kaufen würden?"

„Was? Nee, ich will nicht noch einen Hund, Muffin reicht doch vollkommen. Wenn sie irgendwann mal nicht mehr ist okay, aber warum jetzt einen zweiten Hund?"

„Ich weiß nicht, einfach so, für Muffin wäre es auch schön wenn wir so ein kleines Baby hätten."

„Mir wäre ein richtiges Baby lieber. Meinst du nicht, dass wir da mal ernsthaft drüber nachdenken sollten?"

Nadine nahm einen Schluck ihrer Spezi, als könnte sie die Zeit zum Antworten herauszögern.

„Ach du weißt doch, dass ich nicht der Mutter typ bin."

„Als du von Claras Schwangerschaft erzählt hast, warst

du doch ganz begeistert und konntest es dir vorstellen, auch ein Kind zu bekommen."

„Ich habe eh schon eine, na ja ... sagen wir mal weibliche Figur, dann werde ich noch fetter und ich muss nachts aufstehen. Ach ... und überhaupt. Ja ich weiß, Kinder sind süß und super niedlich, aber das reicht doch nicht als Grund, um ein Kind in die Welt zu setzen. Ich kann es mir schon vorstellen, so einen kleinen Mini-Thomas zu haben, aber eben nicht jetzt. Vielleicht so in zwei oder drei Jahren."

„Dann bin ich ja fast vierzig. Ich weiß nicht, ob ich mich dann nicht einfach zu alt finde, um Vater zu werden."

„Das ist doch heute ganz normal, dass man ein bisschen später Kinder bekommt."

„Ich glaube, das brauchen wir nicht jetzt ausdiskutieren, das führt doch eh zu nichts."

„Ach komm, jetzt hör auf zu schmollen, ich möchte ja Kinder mit dir, nur eben nicht jetzt." Nadine stand auf und setzte sich neben Thomas auf die Bank „Wir können ja heim fahren und schon mal üben."

Nadines Hand glitt langsam über Thomas Oberschenkel und streichelte ihn sanft.
Thomas verlangte sofort nach der Rechnung und zog seine Frau regelrecht ins Auto, um sie nach Hause zu bringen.
Im Auto hielt er die Streicheleinheiten von Nadine kaum noch aus.

„Ich hab die Unterwäsche an, die du mir von deiner Geschäftsreise mitgebracht hast", hauchte sie in sein

Ohr und streichelte sanft seine Brust.

Thomas konnte sein verschmitztes Lachen nicht unterdrücken. Er hatte kaum geparkt, als er auch schon aus dem Auto sprang und seine Frau innig küsste. Er packte ihren Hintern fest und zog sie direkt zur Tür. Kurz bevor sie an der Haustür waren, ging die Außenbeleuchtung an. Nadine warf einen kurzen Blick auf die Tür, während Thomas den Hausschlüssel an seinem Bund suchte.
Während das künstliche Neonlicht auf die Tür viel, stieß Nadine einen heftigen Schrei aus.

„Was ist? Hast du dir weh getan?"

Thomas wollte nach seiner Frau sehen, doch sie konnte nichts sagen und deutete nur auf die Tür:
Auf der Steintreppe vor der Haustüre lag ein großer schwarzer Fellball, der blutverschmiert war.
Das kleine schwarze Hundegesicht konnte man noch erkennen, ansonsten nicht mehr viel außer Fell.

„Nadine, schau da nicht hin. Ich ruf die Polizei." Thomas nahm Nadine auf die Seite und führte sie zum Auto, damit sie sich setzen konnte.

Nach einigen Minuten kam die Polizei. Nadine sagte kein Wort, man hörte nur ein leises Schluchzen und konnte sehen, wie heiße Tränen über ihre Wangen liefen.

„Hallo, ich bin Kommissar Lehmann, Sie haben uns gerufen?" fragte der kleine untersetzte Mann in Uniform.

„Ja, wir sind gerade vom Essen nach Hause gekommen und fanden unseren Hund so hier vor der Tür", sagte Thomas.

Der Polizist sah sich die zusammen gekauerte Hundeleiche an, so was hatte er selber auch noch nicht gesehen.
Es war kein Tier, das die Labradorhündin getötet hatte, die Schnitte in dem Hundekörper sahen eher aus wie von einem Messer.
Und auch, dass der Hund dort scheinbar abgelegt wurde, sprach gegen einen Angriff durch ein Tier.

„Wem gehört denn der Hund? Ist es Ihrer?", fragte der Polizist Thomas.

„Es ist ... es war die Hündin meiner Frau."

„Frau Wolf, haben Sie eine Ahnung, wer das gewesen sein könnte? Hat jemand was gegen Sie? Oder haben Sie Ärger mit den Nachbarn?"

Nadine schüttelte den Kopf, sie konnte nichts sagen.
Es fühlte sich an, als hätte jemand ihr Herz heraus gerissen und wäre darauf herumgetrampelt.
Selbst als die Polizei schon weg war, saß Nadine noch im Auto und starrte vor sich hin.

„Komm mit ins Haus Nadine. Es ist doch kalt, du holst dir noch den Tod." Thomas nahm seine Frau in den Arm und führte sie ins Haus herein.

Er brachte sie ins Schlafzimmer, deckte sie zu und kuschelte sich an sie.

Am nächsten Morgen wachte Nadine sehr früh auf.

So früh, dass es draußen noch dunkel war.
Ihr Weg führte sie nach unten in das dunkle
Wohnzimmer.
Sie machte das Licht an und setzte sich auf die Couch,
von wo aus sie genau auf das graue Kissen mit dem rosa
Plüschhasen sehen konnte.
Es brach ihr das Herz, auf dieses leere Kissen zu sehen
und zu wissen, dass Muffin dort nie wieder liegen
würde. Nadine bemerkte nicht, wie es draußen immer
heller wurde, die Vögel zwitscherten. Und sie bemerkte
auch nicht, wie Thomas die Treppe runter kam.

„Ach Schatz, wieso schläfst du nicht? Wie lange bist du
schon wach?"

„Gott hast du mich erschreckt. Bist du verrückt?"

„Tut mir leid Schatz, ich wollte dich nicht erschrecken."

„Es wird so leer und einsam sein ohne … " Nadine
schluckte, jedes Haar in ihrem Körper sträubte sich
dagegen zu sagen, dass Muffin nicht mehr da war.

„Ich weiß, es wird anders ohne sie sein."
„Wer macht denn so was, Thomas? Ich verstehe es
nicht. Wie kann man nur so etwas Grausames machen?"

„Ich weiß es nicht."

Nadine wollte nur allein sein und ihre Ruhe haben und
sie zog sich ins Schlafzimmer zurück.
Wie sie so da lag und die Baumkrone vor ihrem Fenster
anstarrte, erinnerte sie sich an all die schönen Tage mit
Muffin. Wie gerne sie im Main schwamm, wie sie
abends mit ihrem kleinen rosa Plüschhasen kuschelte,
wie Muffin neben ihr auf der Couch lag und Nadines

Füße wärmte, die langen Spaziergänge auf dem Ebelsberg und die vielen Stunden, die sie in der Hundeschule verbrachten. Als sie völlig Gedanken versunken da lag, klingelte ihr Handy. Eine neue WhatsApp Nachricht von einer unbekannten Nummer.

Das traurige Gesicht steht dir nicht, meine Schöne. Ich mag es lieber, wenn du lachst.

Neben der Nachricht war eine Rose abgebildet.
Sollte es der Gleiche gewesen sein, der ihr auch diese Briefe geschrieben hatte? Aber warum? Was wollte er? Und woher wusste er, dass sie traurig war? Nadine beschloss die Nummer zu blockieren und einfach nicht mehr darüber zu reden.
Nach einiger Zeit gewöhnte sie sich daran, Sonntags alleine zum Bäcker zu gehen, alleine durchs Gleisenauer Schloss zu spazieren und alleine auf der Couch zu sitzen. Nadine hatte alles, was sie an Muffin erinnerte entsorgt, bis auf ein paar Bilder war alles weg.
Als Nadine mittags vom Einkaufen nach Hause kam, fand sie in ihrem Briefkasten eine kleine Schachtel.
Sie öffnete die goldene Schleife, die das rote Papier an der Box hielt. Eine samtige blaue Schachtel kam zum Vorschein. Nadine nahm einen kleinen Zettel mit grünen Buchstaben aus der Schachtel und sah auf ein paar goldene Ohrringe mit einem kleinen Stein in der Mitte.

Das ist ein Geschenk für dich. Ich würde mich sehr freuen sie an dir zu sehen.

Langsam wurde ihr mulmig, was sollten diese Briefe? Und jetzt auch noch dieses Geschenk, das war doch nicht normal. Wer das wohl war? Die Schachtel mit den Ohrringen legte Nadine mit zu den Briefen unter ihre Zeitschriften.

Sie war hin und her gerissen, ob sie es Thomas zeigen sollte oder nicht.

Kapitel 7

„Hallo Clara, Wahnsinn wie dein Bauch gewachsen ist. Das ist ja der Hammer", freute sich Nadine.

„Ja, ich fühl mich übelst fett. Ich habe überall zugenommen und diese riesen Plauze ertrage ich auch nicht mehr."

„Ach komm, wenn das Baby da ist, kannst du doch wieder Sport machen und hast garantiert schnell wieder deine Hammerfigur, die du vorher hattest."

„Nadine, ich werde nie mehr so aussehen wie früher. Im Internet habe ich gelesen, dass Frauen über dreißig diese Babypfunde nie mehr los bekommen, meine Möse wird ausgeleiert sein und ich gebe Milch wie eine Kuh, Alter, meine Möpse werden in meinen Kniekehlen hängen."

Nadine musste laut lachen.

„Ach Clara, du spinnst. So kenne ich dich gar nicht. Denk dran, du bist die Selbstbewusste Bitch, die sich jeden Typen angeln kann, weil sie das heißeste Girl überhaupt ist. Das waren deine eigenen Worte.
Nur weil du jetzt ein Baby bekommst, ändert sich doch nicht alles. Sieh es doch mal positiv, ihr seid dann eine kleine Familie."

„Ja ja, ich freue mich ja auch auf das kleine Wesen und Stephan liebt es auch abgöttisch. Aber meine Launen sind eine Katastrophe. Man, ich hab es mir so schön vorgestellt, eine Schwangerschaft, die voll nice ist, so wie im Fernsehen, alle sind glücklich und strahlen, während sie ihre kugelrunden Bäuche streicheln. Und ich? Ich kotze mir jeden Morgen die Seele aus dem Leib, heule wegen schwachsinnigen Sachen und fresse wie ein Tier."

„Jede Schwangerschaft ist anders, und dass die im Film nicht sehr real dargestellt werden, ist dir doch auch bewusst, oder? Jetzt komm, wir trinken einen Kakao und essen ein Stück Kuchen und dann geht's dir sicher gleich besser."

Und so war es auch, nach einem großen Kakao mit Sahne und einem leckeren Stück Erdbeerrolle konnte Clara wieder lachen und ihre schlechte Laune war wie verflogen.

„Sag mal, hat Edda dir geschrieben, dass sie nicht kommt? Sie ist doch schon eine halbe Stunde zu spät." Clara klang beunruhigt.

„Nein, mir hat sie gar nichts gesagt. Aber vielleicht ist sie noch unterwegs und hat mal wieder ihr Handy zuhause vergessen."

In dem Moment eilte Edda durch die Tür der Bäckerei.

„Tut mir leid Mädels, ich war noch schnell in Bamberg und habe mein Handy zuhause vergessen."

„Sag ich doch, ich kenne meine Edda halt", sagte Nadine zu Clara.

„Hä wieso?", wollte Edda wissen.

„Weil Clara gerade gefragt hat wo du bleibst und ob ich

etwas wüsste, und ich habe gesagt du bist bestimmt unterwegs und hast mal wieder dein Handy vergessen."

Die Freundinnen lachten, Edda bestellte sich einen Tee und dazu eine Laugenstange und setzte sich zu den Mädels.

„Könnt ihr ein Geheimnis für euch behalten?", fragte Nadine.

„Na klar, was ist denn los?", fragte Edda

Clara nickte, während sie an ihrem Kakao nippte.

„Ich glaube, ich werde verfolgt. Vor ein paar Wochen habe ich einen Liebesbrief bekommen, dann einen anderen Brief, eine WhatsApp-Nachricht und letztens lagen Ohrringe im Briefkasten."

„Was? Das ist ja creepy! Sicher, dass es nicht von Thomas war?", fragte Clara.

„Das ist jetzt seit Wochen so, Thomas hätte sicher schon mal gefragt, warum ich nichts dazu sage und die WhatsApp-Nachricht kam von einer Unbekannten Nummer, die habe ich blockiert."

„Warum blockierst du sie? Vielleicht hast du ja einfach einen heimlich Verehrer, der wahnsinnig in dich verliebt ist und dich für sich gewinnen will", wandte Edda ein.

„Das ist mir egal, ich will keinen Verehrer, ich habe Thomas. Ich möchte mein Leben lang mit ihm zusammen sein und Kinder bekommen. Was soll ich denn mit irgendeinem Verehrer? Vor allem weiß der doch dann, dass ich verheiratet bin. Also warum fängt der sowas überhaupt an?"

„Man kann sich eben nicht immer aussuchen, in wen man sich verliebt. Willst du mir jetzt sagen, ich bin ein Ungeheuer, weil ich mich in jemanden verliebt habe, der verheiratet ist?"

„Quatsch Edda, so habe ich das ja nicht gemeint. Aber wenn du dein Interesse signalisierst und merkst, dass er kein Interesse hat, dann lässt du ihn in Ruhe oder nicht?"

„Äh, ja na klar."

„Siehst du, ich habe weder zurück geschrieben noch diese Ohrringe getragen. Jedes Mal wenn ich nach Hause komme habe ich Angst, dass ein Brief im Briefkasten ist oder etwas vor meiner Tür liegt oder sonst was."

„Das kann ich verstehen, irgendwie ist es echt gruselig. Nicht dass es so ein kranker Stalker ist", meinte Clara.

„Das glaube ich jetzt nicht, aber ich traue mich auch nicht so recht Thomas davon zu erzählen, der macht sich nur wieder Sorgen."

„Zu Recht. Du solltest es ihm sagen. Das ist wirklich übelst krank, wenn du sogar WhatsApp-Nachrichten bekommst. Sag doch auch mal was, Edda."

„Ich sehe das so wie Nadine, es wird schon nicht so dramatisch sein. Der Kerl ist halt verliebt, oder vielleicht ist es irgendein Teenie oder so was. Ich würde da jetzt kein großes Fass auf machen."

„Ich sehe das anders, du solltest es Thomas sagen. Und pass auf dich auf", warnte Clara sie mit nachdrücklicher Stimme.

„Ja, ich pass schon auf mich auf. Jetzt muss ich ja abends nicht mehr im Dunklen spazieren gehen."

„Ach Süße, das mit Muffin ist doch eine Weile her, bist du noch nicht drüber hin weg?", fragte Edda.

„Sie war mein Baby, ich werde nie darüber hin weg kommen. Das war grausam und abartig. Den Anblick von meinem aufgeschlitzten Hund werde ich nie vergessen. Wer macht so was denn? Sie war so ein toller Wachhund." Nadine musste ihre Tränen unterdrücken, um nicht gleich wieder los zu heulen.

„Ach Nadine, das tut mir immer noch so leid. Ihr habt ja auch keinen Streit mit den Nachbarn, dass es da jemand gewesen sein könnte." Clara legte ihr einen Arm um die Schultern.

„Nein, ein Nachbar sicher nicht, das würde ich keinem zu trauen und die haben ja selber alle Hunde", antwortete Nadine.

„Mädels, es tut mir leid, aber ich muss los. Ich bin so müde und will mich noch ein bisschen pennen, bevor Stephan von der Arbeit kommt."

„Ciao Clara."

„Mach's gut Clara", sagte Edda

„Meinst du wirklich, dass es harmlos ist, Edda?"

„Ich denke, es ist genauso harmlos wie dieser Jogger auf dem Ebelsberg."

„Ja, du hast wahrscheinlich recht. Ach, ich bin so froh, dass ich dich habe, Edda."

„Du weißt doch, dass ich für dich da bin. Sag mal, willst du immer noch deine Haare abschneiden? Es würde dir sicher gut stehen. Jetzt gehen sie ja fast bis zum Po, da hängen sich die Locken ja nur aus, wenn du sie so schulterlang hast, kringeln sie sich bestimmt viel schöner."

„Wie kommst du denn jetzt darauf? Aber ich glaube, ich lasse sie so lang. Es gefällt mir ja schon echt gut."

„Ach nur so, eine bekannte ist Frisörin und macht gerade ihren Meister und sucht noch ein Modell für die Abschlussprüfung."

„Aber ich glaube nicht das ich sie wirklich abschneide. Thomas liebt ja meine langen Haare auch."

„Na, dann lass sie so lang. Das sieht doch auch hübsch aus."

Als Nadine nach Hause lief, machte sie sich so ihre Gedanken. Clara hatte schon recht: Es war merkwürdig, dass jemand ihr einfach Briefe schrieb.
Aber auch Edda hatte recht: Nur weil jemand verknallt ist, ist er ja noch lange kein Stalker.
Als Nadine zuhause ankam, war sie beruhigt, dass sie weder irgendwelche Pakete noch Briefe fand.
Sie freute sich auf Thomas und kochte Abendessen, als plötzlich das Handy klingelte.
Unbekannter Teilnehmer stand im Display ihres

Smartphones. Ihre Handy zitterten, beinahe wäre ihr das Handy aus ihren verschwitzten Händen gefallen.

„Wolf, hallo?"

„Hä? Warum gehst du so komisch an dein Handy?"

Nadine fiel ein Stein vom Herzen, die Stimme aus dem Handy war ihr vertraut und sie freute sich sie zu hören.

„Ach Thomas du bist es, warum steht denn auf meinem Display Unbekannter Anrufer?"

„Ah, das habe ich ganz vergessen. Ich hatte vorhin Kundschaft von meinem Handy angerufen und wollte nicht, das der meine private Handynummer sieht."

„Ach so, ich hab mich schon gewundert. Was wolltest du denn eigentlich?"

„Ich wollte nur fragen ob es okay ist, wenn ich mich heute Abend mit Stephan treffe. Er meinte Clara ist heute Abend irgendwie nicht da, sie trifft sich mit einer vom Schwangeren-Schwimmen und er hat zufällig noch einen Kasten Bier kalt stehen."

„Na so ein Zufall aber auch. Ja, geh ruhig, dann schaue ich heute Abend einen Film oder so. Bestell Clara und Stephan schöne Grüße."

„Mache ich und warte nicht auf mich, es kann spät werden."

„Okay, dann viel Spaß euch heute Abend."

Am Abend bereitete Nadine sich auf einen netten

Film-Marathon vor. Sie öffnete eine Flasche Rotwein, machte sich Popcorn und suchte sich einen Film aus ihrer großen DVD-Sammlung aus. An diesem Abend war ihr nach einem Horrorfilm, einen Klassiker mit viel Blut und wenig Handlung, um sich einfach nur berieseln zu lassen. Der Film war noch nicht mal zur Hälfte gelaufen, als der Wein schon leer war und Nadine auf der Couch eingeschlafen war.

Der WhatsApp-Ton ihres Handys riss sie aus dem Schlaf. Auf dem Display wieder eine Nummer, die sie nicht kannte.

„Warum trägst du die Ohrringe nicht? Sie würden dir so gut stehen. Ich liebe dich."

Nadine legte das Handy weg und machte den Fernseher aus.
Sie fühlte sich sicher in ihrem Haus und Thomas würde wohl auch bald kommen.
Sie putzte ihre Zähne, zog den süßen Schlafanzug mit der karierten kurzen Hose und dem rosa Oberteil an und legte sich ins Bett. Ihr Handy legte Nadine wie jeden Abend auf den Nachttisch und schlief ein. Irgendwann wurde sie mitten in der Nacht wach. Der Blick auf den Wecker verriet, dass es zwei Uhr morgens war. Thomas war noch immer nicht zuhause, oder zumindest nicht neben ihr.
Auf dem Handy waren zwei WhatsApp-Nachrichten, die erste war von Thomas: Hallo Shatz, ich schalafe beim stephan, komm morgen nachh hauze. Ich libe dich n acht.

Schon an den Schreibfehlern ihres Mannes erkannte Nadine, dass es nicht bei ein oder zwei Bier geblieben war. Stephan war ein großer Whiskey-Fan, dieses Hobby teilte er mit Thomas und ihr war klar, dass sicher der ein oder andere Whiskey auch dran glauben musste.

Die zweite Nachricht war wieder von dieser unbekannten Nummer:

Warum ignorierst du mich? Du siehst so wunderschön aus, wenn du schläfst.

Nadine wurde mulmig zumute, Thomas konnte sie nicht anrufen, er hätte eh nicht nach Hause fahren können und Clara wollte sie jetzt auch nicht hoch scheuchen. Früher hätte sie wohl Muffin zu sich ins Bett geholt und sich sicher gefühlt. Heute fiel ihr nur noch Edda ein. Auch wenn sie ein schlechtes Gewissen hatte, sie um zwei Uhr am Morgen zu stören, wusste Nadine sich nicht anders zu helfen und rief Edda direkt vom Handy aus an. Es dauerte eine ganze Weile, bis sich am anderen Ende jemand meldete:

„Hallo? Nadine? Ist was passiert?", fragte Edda mit verschlafener Stimme.

„Hi Edda, tut mir leid, dass ich dich wecke. Es ist nichts passiert … das heißt … eigentlich doch." Nadine fing an zu weinen, die Tränen schossen einfach so aus ihren Augen heraus, ohne das, sie es aufhalten konnte.

„Ich komme vorbei, ich bin in zwei Minuten da."

Bevor Nadine sich bedanken konnte, hatte Edda bereits aufgelegt und sich auf den Weg gemacht.
Keine zwei Minuten später stand sie in ihrem knappen schwarzen Seidennachthemd vor Nadines Tür.

„Mensch Edda, du hättest dir ruhig noch was anziehen

können, so dringend ist es auch nicht. Komm erst mal rein, bevor die halbe Nachbarschaft deinen Hintern sieht."

„Haha, so kurz ist mein Nachthemd nun auch wieder nicht, der Po wird schon noch bedeckt. Außerdem hast du am Telefon geweint, da bin ich gleich los gefahren."

„Ach danke Edda, das ist so lieb von dir. Ich habe mich schon wieder beruhigt. Ich muss dir was zeigen."

Nadine gab Edda das Handy und zeigte ihr die Whats-App-Nachrichten.

„Es stimmt, du siehst aus wie ein Engel wenn du schläfst."

„Mensch Edda, jetzt hör doch mal auf mit deinen Witzen. Ich finde es echt gruselig, dass jemand mir beim Schlafen zu sieht. Vor allem ist das ganze Grundstück eingezäunt, hier kommt niemand drauf."

„Keine Ahnung, vielleicht ist es nur ein blöder Witz."

„Ist mir egal. Thomas ist bei Stephan, die haben getrunken und Thomas schläft dort. Würdest du heute Nacht bei mir bleiben?" fragte Nadine.

„Ja na klar, ich muss morgen nirgends hin und was zum Anziehen darf ich mir sicher von dir leihen morgen, oder?"

„Na klar, kein Problem. Wir finden schon was für dich."

Die beiden legten sich ins Bett und quatschten noch eine ganze Weile. Es war fast wie früher im betreuten

Wohnen, nur dass sie damals getrennte Betten hatten.

Am nächsten Tag kam Thomas nach Hause. Er schlich sich leise die Treppen hoch ins Schlafzimmer und ging auf Nadines Bettseite.
Nadine schlug die Augen auf und sah ihn an.

„Was macht Edda in unserem Bett?", fragte er flüsternd.

Nadine stieg aus dem Bett und ging mit Thomas ins Wohnzimmer.

„Ich hatte Angst, deswegen habe ich Edda angerufen."

„Angst? Warum Angst? Was war denn los?"

„Ähm, ich muss dir was sagen."

Nadine ging zu ihren Zeitschriften und holte die Briefe und die Ohrringe und legte sie auf den Tisch vor Thomas.

„Irgendjemand schreibt mir Liebesbriefe und er hat mir auch diese Ohrringe geschickt."

„Ja und warum hast du es mir das nicht gleich gesagt? Meinst du, ich werde eifersüchtig?"

„Nein, aber ich habe es einfach nicht für voll genommen. Aber ich bekomme auch WhatsApp-Nachrichten."

„Was für WhatsApp-Nachrichten?"

Nadine wich seinen fragenden Blicken aus und gab ihm ihr Handy. Sie biss sich auf die Unterlippe, es schien ewig zu dauern, bis Thomas die Nachrichten fertig las.

„Bist du irre? Da schreibt jemand, dass er dich beim Schlafen beobachtet und du sagst mir nichts davon?"

„Die Nachricht ist von gestern Nacht. Genau deswegen ist ja auch Edda da."

„Warum bin ich da?", fragte Edda, als sie schlaftrunken die Treppe runter torkelte.

„Wegen den Nachrichten, die ich letzte Nacht bekommen habe."

„Ach so, wegen dem Spinner da."

„Ist das dein Ernst, Edda? Nadine könnte in Gefahr sein." Thomas klang sehr verärgert.

„Ach was, das ist sicher nur irgendein Kerl, der in deine hübsche Frau verschossen ist."

„Er hat geschrieben, dass er sie beim Schlafen gesehen hat!"

„Vielleicht hat er es nur so geschrieben, oder er hat sie beim Dösen in Eltmann im Freibad gesehen."

„Na du bist ja optimistisch", meinte Thomas schulterzuckend.

„Ja, sonst würde ich wohl durchdrehen. So, ich gehe erst mal duschen. Ich nehme mir einfach was zum Anziehen aus dem Schrank, okay Nadine?"

Klar, du weißt ja wo meine Klamotten sind", antwortete Nadine.

„Wir müssen zur Polizei, Schatz. Das ist doch krank."

„Ja es ist schon merkwürdig. Aber was soll die Polizei denn bitte machen?"

„Keine Ahnung, aber hast du mitbekommen, dass die Leiche von der Frau gefunden wurde, die als Letzte verschwunden ist? Was ist, wenn du irgendwann die nächste Leiche bist?"

„Jetzt übertreibst du aber. Was haben denn diese beiden Leichen mit dem Typen zu tun, der in mich verliebt ist?"

„Keine Ahnung. Ich bin einfach nur sauer, dass du es mir jetzt erst erzählt hast."

„Jetzt lass uns doch erst mal abwarten was passiert. Dann können wir immer noch zur Polizei. Die lachen uns doch sicher aus wegen zwei Liebesbriefen."

„Okay, aber ich schwöre dir, wenn ich irgendwas komisch finde, merkwürdig, furchteinflößend oder sonst was, dann rufe ich die Polizei."

„Ja, mach das"

Nadine und Thomas schwiegen sich an, bis Edda in Nadines grauer Jogginghose und einem pinken T-Shirt die Treppe runter kam.

„Nadine, ich geh dann", sagte Edda.

„Warte, ich bringe dich noch raus."

Vor der Haustür unterhielten sich die Frauen noch kurz.

„War Thomas sehr sauer? Ich wollte nicht lauschen, aber ich habe gehört, dass er zur Polizei wollte. Zeigst du das echt an?" Edda blickte sie fragend an.

„Ich habe gesagt wir warten noch. Vielleicht ist es ja wirklich ganz harmlos und es klärt sich alles auf."

„Das glaube ich auch. Also, mach´s gut."

Sie drückten sich zum Abschied und Nadine ging zurück zu Thomas.

„Bist du sehr sauer, Thomas?"

„Wie sollte ich denn sauer sein, wenn du mich mit deinen großen schönen Augen so ansiehst? Ich mache mir doch nur Sorgen um dich."

„Das weiß ich doch. Deswegen habe ich es ja auch nicht gesagt. Ich wollte nicht, dass du dir Sorgen machst."

Kapitel 8

Der Duft von Gegrilltem stieg Nadine in die Nase.
Ein typischer Geruch, den man im Sommer oft in der
Nase hatte. Nadine mochte es irgendwie, auch wenn sie
gerne die Blumen roch, läutete der Grillduft für sie den
Sommer ein und es erinnerte sie an ihre Kindheit. An die
Grillfeiern, die ihre Eltern gaben und auf denen alle
immer so unbeschwert waren.

„Schatz, es riecht so gut, wollen wir nicht auch grillen
am Wochenende?" fragte Nadine.

„Ich dachte wir gehen essen?"

„Ja am Samstag, oder? Dann können wir doch Sonntag
grillen."

„Ja klar, von mir aus. Wollen wir Clara und Stephan auch
einladen?"

„Joah, warum nicht. Ist es okay, wenn ich Edda auch
noch frage?"

„Frag sie halt. Je mehr Leute, umso lustiger wird es."

Nadine schickte Edda und Clara eine
WhatsApp-Nachricht und lud sie für Samstagabend ein.
Prompt kam eine Zusage von beiden und Nadine konnte
einen Tisch bestellen.

Am Abend genossen Thomas und Nadine den ersten
warmen Sommerabend auf der Terrasse. Sie öffneten
eine Flasche Wein, Thomas zündete die Fackeln an und
sie legten sich aneinander gekuschelt auf die große

Rattanliege.

„Es sieht aus, als wären dort oben Millionen kleine Glühwürmchen. Wahnsinn, wie schön das ist", sagte Nadine

„Ja und schau mal, wie schön der Mond aussieht, wenn er diese Sichelform hat, finde ich ihn am schönsten."

„Da hast du recht. Im Moment ist abnehmender Mond."

„Woran siehst du das denn wieder?"

„Wenn er abnehmend ist, kann man ein kleines A rein schreiben."

„Was du alles weißt. Echt verrückt, Nadine."

„Das haben wir mal im Bio-Unterricht gelernt, irgendwie habe ich es mir gemerkt."

Die beiden kuschelten eng umschlungen und sahen weiter in den Himmel.

„Der Wein schmeckt herrlich nach Sommer, findest du nicht auch, Thomas?"

„Wie schmeckt denn bitte der Sommer?"

„Na so wie der Wein", antwortete Nadine und lachte.

„Okay, wenn du das sagst."

Die erste Flasche Wein ging zur neige und auch die zweite und die dritte Flasche leerte sich noch in der Nacht.

Am nächsten Morgen wurden sie von Vogel gezwitscher und warmen Sonnenstrahlen auf der Haut geweckt.

„Sind wir echt hier draußen eingeschlafen?", wunderte Thomas sich.

„Scheinbar. Nachdem du mir meine Kuscheldecke raus geholt hast, war es einfach so gemütlich. An mehr kann ich mich nicht erinnern."

„Ich auch nicht wirklich. Nur daran, dass es so schön warm und kuschelig war und meine Augen so schwer."

„Äh ... Thomas, schau mal."

Nadine hielt ihm ihr Handy hin mit einem offenen WhatsApp-Chat. Er blickte auf ein Foto, das Nadine schlafend auf der Liege zeigte. Sein Gesicht war durchgestrichen, komplett übermalt und bekritzelt, so dass man eigentlich nur Nadine sah.
Darunter der Satz:

Mein schlafender Engel, schon bald werden wir zusammen sein.

Thomas traute seinen Augen kaum.
„Nadine, wir müssen es der Polizei melden."

Sie nickte und holte die Briefe und die Ohrringe, dann fuhr sie mit Thomas zur Polizei nach Hassfurt.

Vorne am Eingang schilderte sie ihr Anliegen und beide mussten kurz warten.

Eine junge Polizistin öffnete den beiden die Tür zum Revier.

„Nadine, was machst du denn hier?", fragte die Polizistin.

„Ah, hallo Steffi. Wir haben uns ja lange nicht mehr gesehen. Thomas, das ist Steffi, die vom Hundeplatz mit dem Malinoi. Steffi, das ist Thomas, mein Mann."

„Hallo Thomas. Dann kommt mal mit."

Nadine und Thomas folgten Steffi auf den breiten Steintreppen nach oben in die Büroräume.

„Also Nadine, was ist denn los? Du willst eine Anzeige erstatten hat mein Kollege gesagt?"

„Sie hat einen Stalker", warf Thomas ein.

„Na ja, vielleicht ist es ja auch gar nicht so schlimm. Ich habe diese Briefe bekommen, die Ohrringe und diese WhatsApp-Nachrichten." Nadine schob den Packen über den Schreibtisch.

„Also so wie das hier aussieht, hat dein Mann recht. Es ist ein Stalker. Hast du mal daran gedacht, dass er deinen Hund getötet hat?", fragte Steffi

„Warum sollte er? Bis jetzt waren es doch nur harmlose Briefe", wandte Nadine ein.

„Und Fotos von dir. Wie sollte er in deinen Garten kommen und dich beobachten, wenn dein Hund bellt und dich aufmerksam macht?", erklärte die Polizistin.

Nadine fiel es wie Schuppen von den Augen, die Geräusche, die sie letztens Abends im Garten gehört hatte, das könnte auch ein Mensch gewesen sein und kein Tier, so wie sie es vermutet hatte.

„Ich nehme jetzt eine Anzeige gegen unbekannt auf. Alles, auch wenn es noch so unbedeutend ist, solltest du uns melden. Es kann ganz harmlos sein. Aber wenn er wirklich deinen Hund getötet hat, wer weiß, wozu er noch fähig ist." Steffi sah Nadine durchdringend an.

Nadine und Thomas verabschiedeten sich.
Im Auto setzte Nadine sich auf den Beifahrersitz des Audis und schaute ins Leere.

„Hey Nadine, du bist ja total blass. Geht es dir nicht gut?" Thomas war sichtlich besorgt um seine Frau.

„Mir ist irgendwie schlecht. Ich habe es nie ernst genommen. Aber was ist, wenn er Muffin wirklich getötet hat? Was macht er dann mit mir?"

„Der wird nichts machen. Ich beschütze dich mein Schatz."

Die Heimfahrt über schwiegen beide. Sie konnten es sich beide kaum vorstellen, dass es jemand auf Nadine abgesehen hatte. Warum auch? So was hörte man doch nur von Promis und irgendwelchen wichtigen Leuten. Und ein Stalker in Ebelsbach? Es war ein Dorf, in dem man sich kannte. Es war ein großes Dorf, keine Frage. Aber sehr ruhig, beschaulich und friedlich. Es passierte nicht viel, dass die Tankstelle überfallen wurde war wohl schon das Ereignisreichste. Und das so jemand wie dieser Rosenkiller, wie die Zeitung ihn nannte, eine Frau ermordete war alleine schon unvorstellbar.

Erst zuhause in der Küche sprach Thomas sie wieder an: „Schatz, ich nehme mir Urlaub, bis das alles vorbei ist, ich will dich nicht alleine lassen."

„Und wenn es ein Jahr dauert? Oder zwei? Willst du deinen Eltern sagen du nimmst zwar gerne das Geld, aber arbeiten kommst du nicht? Ach ja, und in Rente sollen sie bitte auch nicht, weil wer weiß wie lange das geht."

„Ach Nadine, jetzt sei doch nicht so. Ich habe es doch nur nett gemeint."

„Ja, ich weiß Thomas. Aber ich bin einfach genervt von dem Ganzen. Ich habe absolut keinen Nerv für einen Stalker."

„Wer hat das schon? Das will doch keiner."

Nadine winkte ab und machte sich einen Tee, Erdbeer-Minze.

„Es tut mir leid Thomas, ich bin einfach absolut platt. Wenn sogar Steffi schon sagt, dass ich aufpassen soll."

Thomas nahm seine Frau in den Arm und streichelte ihr sanft über den Rücken.
Nadine klammerte sich fest an ihren Mann und bohrte ihren Kopf tief in seine Schulter.

„Wir bekommen das schon hin, versprochen", flüsterte Thomas Nadine ins Ohr.

Der Samstag rückte näher, nun konnte auch Nadine sich auf den Abend mit ihren Freunden freuen und stellte die Gedanken über den Stalker in den Hintergrund.
Sie aßen bei einem kleinen Inder in Bamberg in der Stadt, die Stimmung war gut und sie hatten viel Spaß.

Nach der Nachspeise tranken sie noch einen Schnaps, die schwangere Clara bekam einen Saft und zur großen Überraschung aller, bestellte auch Nadine einen Saft.

„Hey, keinen kleinen Schnaps Nadine?" fragte Edda.

„Nee, ich muss ja noch fahren", antwortete Nadine

„Also komm, einer geht ja wohl", sagten Thomas und Stephan gleichzeitig.

„Ich finde es toll, wenn ich nicht die Einzige bin, die Saft trinkt", sagte Clara.

„Also ich bestell dir jetzt einen Schnaps, dann fahr ich halt nach Hause", sagte Thomas

„Ich bin schwanger", platzte es auch Nadine raus.

Am Tisch wurde es still, niemand sagte mehr irgendwas.

„Wir haben doch letztens erst Wein getrunken, warum hast du da nichts gesagt?", fragte Thomas.

„Weil ich es da noch nicht wusste. Meinst du ich hätte gemütlich Wein mit dir getrunken, wenn ich gewusst hätte, dass ich schwanger bin? Ich habe heute morgen erst den Test gemacht, weil ich mich so komisch gefühlt habe."

„Aber ihr verhütet doch", warf Edda ein.

„Tja Edda, scheinbar nicht so gut wie ich dachte", antwortete Nadine schnippisch.

„Äh … wir werden Eltern?" Thomas war völlig perplex.

Nadine zuckte mit den Schultern.
Ihr wurde bewusst, dass es ein Fehler war, es an diesem
Abend allen zu sagen. Sie hätte es für sich behalten
sollen. Edda klang wieder sauer, Thomas war total platt,
so als könnte er es nicht glauben, und Clara und Stephan
waren ruhig, sie wirkten einfach nur überrascht.
Nadine stiegen Tränen in die Augen, sie stand aus und
lief aus dem Restaurant in die Bamberger Innenstadt.

„Nadine, warte", rief Thomas ihr hinterher.

„Ich geh ihr nach", sagte Clara und sprang von ihrem
Platz auf.

Alle liefen aus dem Restaurant heraus, nur Edda blieb
zurück und zahlte die Rechnung. Danach machte auch
sie sich auf, Nadine zu suchen.
Obwohl die Stadt fast menschen leer war, konnten sie
Nadine nirgends finden.

Sie war durch eine Seitenstraße gerannt und um
irgendwelche Ecken gelaufen, in denen sie selber noch
nicht war. Bis sie irgendwann am Bahnhof an kam.
Ihr Gesicht war tränen nass und schwarz von ihren
dunkel geschminkten Augen. Eigentlich wusste sie nicht
mal so genau, wovor sie eigentlich weg lief oder warum
sie überhaupt weinte.

„Nadlne, warte", rief eine Stimme hinter ihr.

Sie drehte sich um und sah Clara, die ihre Babykugel vor
sich her schob.

„Jetzt warte Nadine, ich kann nicht laufen, nur
watscheln wie eine übergewichtige Ente."

Nadine blieb stehen und musste lachen.

„Warum bist du weg gelaufen? Und warum weinst du? Wir freuen uns doch für euch."

„Aber hast du Eddas blick gesehen? Und Thomas hat sich null gefreut. Ach und Scheiße … kann man was gegen diese Hormone machen?"

„Leider nicht Süße. Ich musste letztens weinen, weil sie im Laden keine Erdbeeren mehr hatten."

„Bleibt das jetzt die ganze Schwangerschaft über so?", fragte Nadine.

Clara nahm sie in den Arm und streichelte ihre Schulter.

„Keine Sorge Nadine, es wird sogar noch schlimmer."

Die beiden lachten und Clara schrieb Edda und den Männern eine Nachricht, dass sie Nadine gefunden hatte und sie sich keine Sorgen machen mussten. Clara nahm Nadines Hand, legte sie auf ihren Babybauch und sagte: „Merkst du, wie es sich bewegt? Das entschädigt wirklich für alles. Ich freue mich schon übelst, wenn ich mein Baby im Arm halten darf."

„Danke Clara, das ist wirklich schön, wie es sich bewegt. Das wird bei mir sicher eine ganze Weile dauern."

„Das wird schon. Schau mal, da kommen Edda und die Jungs."

„Mensch Schatz, warum bist du einfach weg gelaufen? Ich habe mir echt Sorgen um dich gemacht", sagte Thomas

„Das so ein Kindergarten Nadine, echt. Musst du so eine Szene machen? Du bist doch nur schwanger. Außerdem wolltest du doch eh keine Kinder. Warum denn jetzt auf einmal doch?" Edda klang entrüstet und enttäuscht zugleich.

„Du gehst jetzt besser, Edda" , unterbrach Thomas sie. „Das ist so unfair von dir. Ich will, das du Nadine in Ruhe lässt."

„Du hast mir gar nichts zu sagen Thomas, aber keine Sorge, ich gehe, ich will eure heile Familienwelt nicht stören. Du kannst ja dann schön mit Stephan ein Jahr Papa-Auszeit nehmen, deine reichen Eltern zahlen dir ja sicher eh alles."

„Es reicht Edda", sagte Nadine.

Edda lief in die andere Richtung und ging die Straßen entlang, bis sie wieder an ihrem Auto war.
Sie war so unfassbar wütend. Wütend auf Nadine, dass sie jetzt schwanger war, obwohl sie es die ganze Zeit nicht wollte. Wütend darüber, dass Thomas sie einfach weg geschickt hatte. Und wütend darauf, dass sie bald alle nur noch ihre Kinder im Kopf hatten."

„Du warst echt gemein zu Edda", sagte Nadine zu Thomas.

„Spinnst du? Sie hat dich total blöd angemacht."

„Thomas, du weißt doch wie sie ist. Für sie ist es sicher schwer zu sehen, wie wir alle eine Familie gründen und sie alleine ist. Sie hat einfach Angst davor, dass wir eben keine Zeit mehr für sie haben. Als sie klein war, war sie auch abgeschrieben, als ihr Geschwisterchen kam.

Danach war sie nur noch der Depp, wurde noch öfter von ihren Eltern geschlagen und selbst die Großeltern hatten nur noch Augen für das Baby. Das ruft bestimmt auch Erinnerungen in ihr wach", erklärte Nadine

„Ja, aber das ist ewig her. Irgendwann ist das auch mal gut", widersprach Thomas.

„Ich werde meine Eltern immer vermissen, das ist auch nicht einfach so wieder gut, sie sind nie mehr da. Unser Kind wird nur ein Paar Großeltern haben, ich kann meinen Eltern mein Kind niemals zeigen, und darunter werde ich sicher mein Leben lang leiden."

„Ja okay, du hast ja recht. Es tut mir leid. Wieder gut?" Thomas nahm Nadine in den Arm und streichelte ihren Rücken.

„Wir werden dann auch mal gehen", sagte Clara und nahm Stephan an der Hand.

Nadine und Thomas setzten sich auf eine Bank in der Nähe und redeten.

„Warum hast du mir nichts gesagt, Nadine?"

„Ich wusste nicht, wie ich es dir sagen soll. Wir hatten es ja nicht mal drauf angelegt und ich wollte ja eigentlich noch ein paar Jahre warten. Aber ihr mit eurem blöden Schnaps. Das hat mich irgendwie so unter Druck gesetzt."

„Hättest du mir vorher was gesagt, hätte ich dir doch nie einen angeboten. Wann ist das denn überhaupt passiert?"

„Als wir Sex hatten. Nee im Ernst … ich weiß es nicht."

„Ist ja auch egal. Wir werden Eltern. Das ist doch toll. Du glaubst gar nicht, wie sehr ich mich freue. Bald haben wir ein Baby, ein richtiges kleines lebendiges Baby."

„Ich weiß. Aber können wir hier weg? Mir ist tot schlecht, hier riecht es irgendwie merkwürdig, so nach Autos oder so."

„Äh ja, da ist auch eine Straße. Aber komm, wir fahren nach Hause."

In den nächsten Tagen redeten Edda und Nadine nicht miteinander.
Doch der erste Termin beim Frauenarzt rückte für Nadine immer näher. Nach der Untersuchung bekam sie ein Ultraschallbild, das erste Ultraschallbild überhaupt.

Nadine wartete am Esstisch, bis Thomas nach Hause kam, sie wollte es auf keinen Fall verpassen, ihm das Ultraschallbild sofort zu zeigen, sobald er das Haus betrat. Nach einer Ewigkeit hörte sie das Knarren der Tür und sprang auf.
Sie wedelte mit dem Bild herum und hielt es Thomas so dicht vor die Augen, dass er nichts erkennen konnte.

„Was ist das denn? Jetzt lass mich doch erst mal rein kommen und meine Tasche abstellen", sagte Thomas.

„Ich habe ein Ultraschallbild für dich. Komm, schau es dir an."

Thomas sah auf das schwarze Bild mit den weißen Schattierungen.

„Es tut mir leid, aber ich sehe da rein gar nichts."

„Also, das ist die Fruchthülle, dieser Fleck ist ein Baby und dieser Fleck ist das andere Baby."

„Wie das andere Baby? Bekommen wir etwa … zwei? Zwillinge?"

Nadine sah Thomas an und grinste nur.
Sie konnte es selber noch nicht so richtig glauben.
Zwei Kinder auf einmal.

„Zur Feier des Tages gehen wir essen, in Ordnung? Auf was hast du denn Lust, Nadine?"

„Hm, irgendwie auf nichts. Aber das kann sich ja noch ändern."

„Überleg dir halt was du magst, ich gehe jetzt erst mal duschen und zieh mich um. Vielleicht hast du ja dann eine Idee."

Nadine setzte sich auf die Couch und überlegte, aber irgendwie fiel ihr nichts ein.

„Thomas," schrie sie durchs ganze Haus.

Thomas eilte, nass und nur das Wichtigste von einem kleinen Handtuch bedeckt, die Treppe herunter.

„Mach langsam Schatz, sonst fällst du noch die Treppe runter."

„Du hast doch geschrien, ich dachte es ist was passiert."

„Nein, ich weiß nur was ich essen will."

„Oh Mann, du machst mich fertig, Nadine. Was willst du denn?"

„Können wir ins CaféUp und eine Bubble Waffel essen? Ich habe total Lust auf was Süßes."

„Können wir machen, aber dann müssen wir vorher bei McDonalds vorbei, nur was Süßes kann ich nicht essen, ich brauche was Richtiges."

„Okay, dann esse ich eine Apfeltasche und du einen Burger und danach gehen wir ins CaféUp."

Nachdem sie bei McDonalds eine Apfeltasche gegessen hatte, bekam Nadine bei dem Duft der frischen Waffeln erst so richtig Hunger.
Sie aß eine Bubble Waffel mit Haselnusseis, Kirschen, Erdnussbutter, Karamel soße und Toffifee.
Danach aß sie noch die halbe Waffel von Thomas mit Schokoladeneis, Schokoladensoße, Banane und Kinder-riegel.

„Äh, bist du jetzt satt? Oder soll ich dir noch eine Waffel kaufen?", fragte Thomas.

„Klar bin ich satt, das war ich nach meiner schon, aber sie sind so unfassbar gut und ich hatte so Lust auf was Süßes. Ich habe schon mal wegen einem Kinderwagen geschaut, schau mal, ist der nicht schön?"

Nadine zeigte Thomas einen Screenshot von einem royal blauen Kinderwagen mit großen Luftreifen, bei denen beide Babys neben einander lagen.

„Ich denke, du willst Tragetücher für die beiden, oder brauchst du beides?"

„Ja, Kinderwagen und Tragetücher, wir brauchen ja auch alles doppelt. Zwei Autositze, später zwei Hochstühle und so weiter."

„Zwei Bettchen", warf Thomas ein.

„Erstmal schlafen sie bei uns, wenn ich nachts stillen muss, kann ich dann liegen bleiben und es ist bestimmt schön so beim Kuscheln mit den Kleinen einzuschlafen."

„Also dafür, dass du keine Kinder wolltest, bist du jetzt schon die totale Übermutter."

„Quatsch, ich will nur das Beste für meine Babys", sagte Nadine und legte Thomas' Hand auf ihren Bauch,: „für unsere Babys."

Thomas grinste und streichelte Nadines Bauch.
Er war so unfassbar glücklich und das erste Mal seit Langem völlig zufrieden und machte sich keine Sorgen.

„Wir müssen es unbedingt meinen Eltern erzählen, wollen wir sie nächstes Wochenende zum Essen einladen?"

„Thomas, jetzt mach mal langsam, es dauert noch bis ich in der zwölften Woche bin, so lange will ich auf jeden Fall warten, bis wir es ihnen erzählen."

„Ja okay, dann warten wir. Aber dann erzählen wir es ihnen gleich."

„Ja auf alle Fälle, versprochen."

Als die beiden nach Hause gingen, wollten sie es sich noch auf der Couch gemütlich machen.

Doch als sie das Wohnzimmer betraten, ragte aus dem dunklen Holztisch ein Küchenmesser.
Als sie genau hin sahen, steckte das Messer genau in dem Ultraschallbild fest.

„Aber, das Bild lag doch im Schrank. Was? Wieso?", stammelte Nadine

Thomas rief geistesgegenwärtig die Polizei und schilderte was passiert war.

„Sie schicken einen Streifenwagen her", sagte Thomas.

Nadine war sprachlos, sie konnte nichts sagen, der Schock darüber, dass jemand ein Messer in das Bild ihrer Kinder gerammt hatte, war unfassbar für sie.
Sicher war es der selbe, der ihren Hund getötet hatte, was hielt ihn davon ab, ihre Kinder zu töten?
War der Stalker vielleicht doch ein Monster? Ein brutaler Killer?

„Frau Wolf? Haben Sie gehört, was ich gesagt habe?", fragte der Polizist.

Nadine hatte nicht bemerkt, dass die Polizei schon da war, und dass der ältere Polizist schon mit ihr redete erst recht nicht.

„Was?", fragte Nadine

„Sie sollten nicht alleine raus gehen, nur in Begleitung. Und wenn ihnen irgendwas seltsam vorkommt, Sie sich unsicher fühlen oder Angst haben, rufen Sie uns an", sagte der Polizist.

„Ja, okay", antwortete Nadine.

Thomas begleitete die Polizisten nach draußen, während Nadine sich auf die Couch setzte und auf das Ultraschallbild mit dem Loch starrte. Er setzte sich neben seine Frau und streichelte ihr über den Rücken.

„Warum macht jemand so was, Thomas? Es ist so merkwürdig, dass jemand in unserem Haus war. Wie ist der hier rein gekommen?"

„Der hat unseren Zweitschlüssel genommen, hast du dem Polizisten überhaupt zugehört?"

„Ja ja, hab ich."

Kapitel 9

Nachdem der Stalker im Haus gewesen war, tauschten Nadine und Thomas die Schlösser aus und kauften sich eine abschließbare Balkontür. Die Angst, dass der Stalker wieder in das Haus kommen könnte, war einfach zu groß. Selbst nach vier Wochen fühlten sich die beiden immer noch unbehaglich in ihren eigenen vier Wänden. Nadine hatte das Haus kaum verlassen, obwohl sie immer den Drang hatte raus zu gehen, doch selbst in ihrem Garten fühlte sie sich nicht sicher.

„Schatz, wir sollten weg fahren", beschloss Nadine.

„Ja, du hast recht. Ich finde auch, dass wir mal hier raus müssen. Es ist wirklich nicht zum Aushalten, ich habe jedes Mal Angst, dass wieder irgendwas ist, wenn ich nach Hause komme."

„Ja, ich auch. Wenn ich auf der Couch mittags einschlafe, habe ich beim Aufwachen immer wieder Panik, dass jemand im Haus war oder so."

„Was ist denn, wenn wir nach Österreich fahren? Das ist nicht so weit weg und wir könnten bequem mit dem Auto hin fahren."

„Ja, das wäre eine gute Idee, ich schau mal, was wir noch bekommen so spontan. Klärst du es mit deinen Eltern, wann du Urlaub machen kannst?"

„Das habe ich schon, sie haben gesagt, dass du vor gehst und das ich mir Urlaub nehmen kann wie ich möchte."

„Hast du ihnen etwa von den Babys erzählt?", fragte

Nadine

„Nein, habe ich nicht, aber lange kannst du deinen Bauch eh nicht mehr verstecken, der ist wirklich riesig geworden."

„Willst du mir jetzt erzählen, dass ich fett bin? Ich habe zwei Kinder in meinem Bauch, klar wächst der dann schneller, aber ich finde, man sieht fast noch gar nichts."

„Du bist die schönste Schwangere der Welt, mein Schatz," meinte Thomas und küsste seine Frau.

Am Abend schaute Nadine im Internet nach einer Unterkunft, da es mitten in den Sommerferien war, würde es schwierig, etwas zu bekommen. Die meisten Ferienhäuser waren für Familien und schon längst ausgebucht. Doch sie hatte Glück, sie fand noch eine Hütte in Österreich, ein kleines gemütliches Holzhaus mit einem Kamin, einer Sauna und einem Whirlpool. Nadine sendete eine Anfrage und hoffte, dass es für einen spontanen Kurztripp noch frei war.

Am nächsten Tag gegen Mittag bekam Nadine die Antwort, dass sie in drei Tagen anreisen könnten. Sie freute sich so sehr, dass sie nach Hassfurt in die Firma fuhr um es Thomas persönlich zu erzählen.

„Hallo, ist Thomas in seinem Büro?", flüsterte Nadine der Empfangsdame zu, die gerade am Telefon saß. Sie nickte kurz und Nadine ging den langen hellen Gang hinunter, bis sie auf der linken Seite in Thomas´ Büro kam. Sie klopfte zweimal und trat ein, bevor Thomas antworten konnte.

Er saß an seinem Schreibtisch und telefonierte mit

einem Kunden, Nadine schlich durch den mit hell grauem Teppich ausgelegten Raum und setzte sich auf den kalten Metallstuhl, selbst das rote Polster kam ihr ungewöhnlich kalt vor.

„Hallo Schatz", sagte Thomas, nachdem er aufgelegt hatte.

„Hallo, ich habe eine Hütte für uns gefunden, in dre Tagen können wir los fahren."

„Echt? Super, wo denn? In Österreich?"

„Ja. Es sah so nett aus, diese kleine Holzhütte mit Balkon und einer Terrasse. Ich hatte gestern noch die Anfrage geschickt und vorhin die Nachricht bekommen, dass es noch frei ist."

„Klasse, dann sage ich meinen Eltern Bescheid. Gehen wir dann noch was essen zusammen?"

„Lieb von dir Thomas, aber ich wollte noch zu Edda fahren, wir haben jetzt fast vier Wochen nicht miteinander geredet. Ich vermisse sie."

„Na gut, dann mach das. Kannst du mir dann noch ein Deo und sowas für den Urlaub holen? Wie lange bleiben wir eigentlich?"

„Er hatte geschrieben, dass es noch für fünf Tage frei wäre, also bleiben wir fünf Tage."

„Alles klar, dann sage ich meinen Eltern Bescheid. Grüß Edda von mir und sag ihr, dass es nicht so böse rüber kommen sollte. Und versprich mir, dass du gleich nach Hause gehst, eigentlich solltest du gar nicht alleine raus gehen."

„Ja ja, ob der Stalker mich nun zuhause besucht oder ich ihn draußen treffe ist doch auch egal."

Ein scharfer Blick von Thomas reichte, dass Nadine noch sagte: „Ich passe auf und fahre dann sofort nach Hause, versprochen."

Auf dem Weg zu Edda machte sie sich viele Gedanken. Würde Edda überhaupt mit ihr reden? Ob Edda wohl noch sauer war? Würde sie merken, dass Nadine schon einen kleinen Bauch bekommen hatte?
Nadine zögerte, den goldenen Klingelknopf neben der roten Haustür zu drücken.
Doch dann schob ihr Finger wie von Geisterhand geführt den Knopf nach innen und ein lauter Gong hallte durch das Haus.

Edda öffnete die Tür, und ohne dass die beiden Frauen etwas sagten, fielen sie sich in die Arme.

„Ich habe dich so vermisst", sagte Edda

„Na ich dich doch auch. Warum hast du dich nicht gemeldet?"

„Ich hatte Angst, dass du noch sauer wärst. Ich habe so doof auf deine Schwangerschaft reagiert. Es tut mir leid. Aber warum hast du dich denn nicht gemeldet?"

„Ist schon gut. Ich wollte dir halt Zeit geben und dich nicht unter Druck setzen. Ach Mann, wären wir nicht so stur, würden wir sicher schon seit drei Wochen miteinander reden."

„Ja das stimmt, da hast du recht. Was ist denn alles in den vier Wochen passiert bei euch?"

„Also, ich habe noch mehr Nachrichten von dem Stalker bekommen, es waren aber nur so Kleinigkeiten. Einmal schrieb er mir Gute Nacht oder auch Guten Morgen. Manchmal war es etwas gruseliger, zum Beispiel, dass ich hübsch aussehe, oder dass ihm mein Lippenstift so gut gefällt. Das habe ich Thomas und der Polizei gar nicht gezeigt. Aber vor fast fünf Wochen war er dann in unserem Haus, er hat mein erstes Ultraschallbild mit einem Messer durchbohrt. Danach kamen aber keine Drohungen mehr, nur wieder Nachrichten, dass meine Brüste noch üppiger aussehen, oder dass mein Bauch schon gewachsen wäre und er am liebsten immer nah bei mir wäre."

„Hast du das denn der Polizei gezeigt, Nadine?"

„Bei dem Ultraschallbild hatte Thomas die Polizei geholt, aber von den Nachrichten danach habe ich niemandem erzählt. Ich wollte es einfach vergessen, kannst du das verstehen, Edda?"

„Ja, irgendwie schon."

„Ich muss dir übrigens noch was sagen, ich bekomme nicht nur ein Baby, es werden gleich zwei."

„Was? Zwei? Das heißt, du musst zwei Babys da unten heraus pressen? Alles doppelt kaufen und dich um zwei kleine Säuglinge kümmern? Oh je."

„Ach, ich weiß nicht, irgendwie freue ich mich drauf. Natürlich ist es doppelte Arbeit, aber sich auch doppelte Freude. Wenn sie größer sind, können sie vielleicht zusammen spielen und so."

„Was wird es denn? Mädchen und Junge?"

„Das wissen wir noch nicht, dafür ist es noch zu früh. Aber ich hätte am liebsten zwei Jungen … mal sehen."

„Na ja, ist ja auch egal. Wollen wir irgendwo einen Kaffee trinken gehen? Und uns nicht über Babys unterhalten?"

„Ja, können wir, ich lasse dich auch in Ruhe mit den Kindern."

Nadine und Edda beschlossen nach Bamberg zu fahren und dort einen Kaffee trinken zu gehen.

„Was ist mit dir denn los, Nadine? Ich dachte wir trinken Kaffee, seit wann magst du denn so süßes Zeug?"

„Die beiden verlangen danach", sagte Nadine, während sie auf ihren Bauch deutete und die Sahne von ihrer heißen Schokolade löffelte.

Edda verdrehte nur genervt die Augen und versuchte das Thema zu wechseln: „Hast du schon den neuen Film im Kino gesehen? Diesen einen mit dem Mann, der seine Frau durch einen Unfall verliert und dann durch eine neue Liebe aus seiner Krise findet?"

„Nee, den habe ich nicht gesehen, das klingt auch echt super schnulzig. Ich glaube, das wäre nichts für mich."

„Das ist nicht schnulzig, sondern romantisch, aber davon hast du ja noch nie was verstanden."

„Ich bin eben eher der Typ, der anderen dabei zusieht wie sie Zombies köpfen."

„Ach Nadine, das ist so eklig. Du bist doch eine Frau, du solltest sowas echt nicht anschauen."

Nadine musste lachen und die Frauen kamen von einem ins andere, bis das Café zu machte und sie weiter zum McDonalds im Bamberger Hafen fuhren.
Sie hatten sich so viel zu erzählen, als hätten sie sich vier Jahre nicht gesehen statt nur vier Wochen.
Nadine fing immer wieder mit den Babys an, ihr wurde erst jetzt bewusst, wie wichtig ihr die Kinder jetzt schon waren und welch großen Platz sie schon in ihrem Leben hatten, ohne dass sie überhaupt schon geboren waren.
Edda redete meistens einfach über das Thema hinweg oder nickte nur kurz.

„Oh, ich habe schon vier Anrufe von Thomas auf dem Handy, ich rufe ihn mal schnell zurück und sage ihm, dass wir gleich nach Hause fahren."

„Mach das", sagte Edda.

Als Edda den letzten Schluck ihres ohnehin schon leeren Kaffees trank, kam Nadine vom Telefonieren wieder herein und leerte ihren zweiten Kakao.

„Also Edda, ich muss noch schnell mal aufs Klo und dann können wir los. Oder willst du schon fahren? Du wolltest doch irgendwie noch zu einer Freundin, oder?"

„Ich wollte zu einem Freund fahren, mit dem war ich im Heim zusammen, bevor ich in die Wohngruppe kam. Das hatte ich dir alles vorhin erzählt."

„Tut mir leid, seit der Schwangerschaft ist mein Gedächtnis noch schlimmer geworden."

„Alles klar, also, ich fahr dann los: Mach's gut Nadine, bis bald."

„Ciao Edda, schön dass alles wieder gut ist zwischen uns."

Nadine winkte noch kurz zum Abschied und verschwand in Windeseile auf der Toilette.
Draußen war es mittlerweile schon dunkel geworden, kein Wunder, es war schon nach 22.00 Uhr, Nadine und Edda waren schon seit mittags unterwegs. Die breite Straße war menschenleer, Nadine musste noch über die Ampel gehen, da sie ihr Auto auf dem Parkplatz eines Einkaufscenters gegenüber des Schnellrestaurants geparkt hatte. Sie war die einzige Person weit und breit und trotzdem wartete sie, bis die Fußgänger Ampel auf Grün schaltete. Als sie ungefähr in der Mitte der Straße war, hörte Nadine Reifen quietschen, sie sah keine Scheinwerfer, und ehe sie weiter in der Dunkelheit suchen konnte, spürte sie einen heftigen Stoß gegen ihre Hüfte. Nadine flog auf die Motorhaube eines Autos und fiel auf die Straße. Ihr Körper blieb reglos liegen. Die graue Straße neben ihr wurde in dunkles Rot getaucht. Das Klingeln ihres Handys verhallte in der dunklen Nacht.

„Hallo, hören Sie mich?", fragte ein junger Mann

Nadine sah einen Mann neben sich knien, ihr war kalt und jeder Teil ihres Körpers schmerzte.
Sie versuchte, ihren Oberkörper auf zu richten, doch es gelang ihr nicht. Der Mann drückte sie zu Boden.

„Junge Frau, Sie müssen liegen bleiben, ich habe schon einen Krankenwagen gerufen, er wird gleich da sein."

Nadine konnte nicht antworten, es war als wäre ihr Körper nicht ihrer. In der Ferne sah sie ein blaues Licht. Sie fühlte eine warme Hand auf ihrem Körper, sie hörte die undefinierbaren Worte einer Frau. Aber ihre Lider waren zu schwer, um sie auf zu halten, unweigerlich schlossen sich ihre Augen und die Schmerzen, die sie gerade noch hatte, waren wie weg geblasen.

„Hallo, meine Frau, Nadine Wolf ist bei Ihnen", sagte Thomas der kräftigen Dame mit den fleischigen Fingern, die am Empfang des Krankenhauses saß.

„Wurde Ihre Frau heute eingeliefert?"

„Ja, vorhin mit dem Krankenwagen, die am Telefon sagten irgendwas von einem Auto Unfall oder so was."

„Ach ja, ihre Frau wurde schon auf die Station gebracht. Gehen Sie mal in den fünften Stock, da finden Sie Ihre Frau. Ich weiß leider nur die Zimmer Nummer noch nicht, aber die oben können Ihnen da weiter helfen."

Thomas nickte und rannte die Treppen nach oben. Nach Atem ringend kam er nach unzähligen Stufen endlich im fünften Stock an.

„Nadine Wolf, ich suche sie", sagte er atemlos.

„Jetzt mal langsam, junger Mann, beruhigen Sie sich erst mal. Sie suchen Frau Wolf?"

„Ja, meine Frau. Sie kam vorhin mit dem Krankenwagen."

„Gut, sie wird noch untersucht. Wenn Sie dort hinten Platz nehmen würden, dann schicke ich den Arzt zu Ihnen, sobald er fertig ist", sagte die Krankenschwester.

Wider willig setzte sich Thomas in die Warteecke.
Er atmete tief ein und aus und war überrascht über den neutralen Geruch im Krankenhaus.
Aus seiner Kindheit kannte er nur diesen typischen beißenden Geruch nach Desinfektionsmitteln, alten Menschen und Tod.
Thomas war so nervös, dass ihm das Sitzen schwerfiel.
Seine Beine zitterten und die Fingerspitzen tippten auf den Armlehnen.
Er stand auf, lief zu der großen Fenster front und sah in die dunkle Nacht.

„Herr Wolf?" fragte eine tiefe Stimme hinter ihm.

„Äh, ja? Was ist mit meiner Frau?"

„Es geht ihr den Umständen entsprechend gut. Ihr Arm ist gebrochen und sie hat gebrochene Rippen und eine Platzwunde am Kopf. Aber alles in allem hat sie Glück gehabt. Ich muss Ihnen nur leider sagen, dass wir beim Ultraschall keinen Herzschlag gefunden haben, von keinem der beiden Kindern. Der Gynäkologe schaut morgen nochmal nach, aber Sie müssen sich darauf gefasst machen, dass Ihre ungeborenen Kinder den Unfall nicht überlebt haben."

„Aha, weiß meine Frau es schon?"

„Ja, sie hat es beim Ultraschall schon gesehen. Sie war recht gefasst, aber das kann auch der Schock sein."

Thomas ging in das Zimmer, dass der graubärtige Arzt

ihm genannt hatte und öffnete langsam die Tür.

„Nadine, Schatz, wie geht es dir? Was ist denn passiert?"

„Sie sind tot, unsere Kinder haben keinen Herzschlag mehr. Ich wollte nie Kinder … und jetzt? Jetzt kann ich nicht ohne. Ich vermisse sie jetzt schon." Nadine fing an zu weinen und zu schluchzen.

„Ich weiß, ich bin doch auch traurig, komm mal her." Thomas nahm seine Frau vorsichtig in den Arm und küsste sie sanft auf die Wange.
Nadine konnte sich nur schwer beruhigen, obwohl ihr alles weh tat. Es fühlte sich an, als würden die Rippen ihre Lunge bei jedem Atemzug durchstoßen und die Luft aus ihrem Brustkorb drücken.

„Nadine, komm runter. Erzähl mir doch erst mal was passiert ist.", versuchte Thomas erneut sie zu beruhigen.

Nadine schnaufte so tief wie es ging, auch wenn es war, als würde sich ihre Lunge nur zur Hälfte füllen.

„Da war ein Auto, ohne Licht. Es kam einfach auf mich zu gerast und hat mich umgefahren. Einfach so."

„Was? Hast du gesehen wer drin saß?"

Nadine schüttelte den Kopf, zumindest so gut es ging.

„Wir müssen der Polizei Bescheid sagen. Nadine, wenn das dein Stalker war, bist du in Gefahr."

„Ich weiß, die Polizei war schon am Unfallort und sie werden nochmal zur Befragung kommen. Warum macht jemand sowas? Thomas, ich kann nicht mehr."

„Das glaube ich dir. Mir reicht es auch langsam."

„Schatz, kannst du mir Sachen holen von zuhause? Es reicht ja morgen."

„Natürlich, was brauchst du denn alles?"

„Alles. Unterwäsche, Jogginghose, T-Shirts, Hausschuhe, Handtücher und so weiter. Du kannst es ja morgen mitbringen."

„Okay, mache ich. Dann geh ich jetzt nach Hause und pack dir alles zusammen."

„Thomas, jetzt mach mal ganz in Ruhe. Geh nach Hause schlafen und morgen nach der Arbeit oder so kannst du immer noch kommen. Mach dir keinen Kopf, ich bin hier gut aufgehoben."

„Du solltest auf dich aufpassen und nicht auf mich. Aber dafür liebe ich dich. Also, tschüss."

„Bis morgen Thomas."

Kurz nachdem Thomas weg war schlief Nadine ein.
Am nächsten Morgen wurde sie sehr früh wach und hatte viel Zeit zum Nachdenken.
Wer wohl dieses Auto gefahren hat? Nadine hatte das Auto nicht gesehen, also konnte sie auch nicht erkennen, was es für ein Fabrikat war. Aber wer könnte es gewesen sein? Warum hatte er das getan?
Nadines Gedanken wurden von der quietschenden Tür unterbrochen, die gerade aufgeschoben wurde.

„Nadine, wie geht es dir?", fragte Steffi, während sie ins Zimmer kam.

„Hallo Steffi, es geht so, danke. Bist du wegen dem Unfall da?"

„Ja, mein Kollege kommt auch gleich. Wir müssen dich befragen. Wir wollen ihn ja kriegen." Die junge Polizistin setzte sich neben Nadine ans Bett und nahm ihren Notizblock heraus.

„Also, konntest du irgendwas sehen? Eine Automarke, ein Kennzeichen, eine Person oder sowas?"

„Nein, ich habe nichts gesehen. Es war dunkel, das Auto war plötzlich einfach da."

„Gut, fällt dir sonst noch was ein?"

Nadine schüttelte den Kopf.

„Steffi, ich will das nicht mehr. Ich kann nicht mehr. Ständig diese Angst, dass er wieder schreibt, dass er Fotos schickt oder in mein Haus kommt."

„Ich weiß, vielleicht solltest du weg fahren? Nimm dir eine Auszeit und fahr mit deinem Mann in den Urlaub."

„Das wollten wir. Morgen sollte es los gehen nach Österreich. Das muss ich noch stornieren. Ich wollte doch nur eine schöne Zeit haben. Warum wird mir das nicht gegönnt?"

„Mach dir keinen Kopf Nadine, solche Stalker sind nicht logisch. Er schreibt ja, dass er dich liebt und im nächsten Moment verletzt er dich. Das ist seine eigene Realität und die hat nichts mit der Wirklichkeit zu tun."

„Du hast recht Steffi, trotzdem macht es mich

wahnsinnig."

„Melde dich wenn dir was einfällt, ich muss leider weiter, die Arbeit ruft."

„Mache ich. Bis bald Steffi und grüß mal alle in der Hundeschule von mir."

Steffi nickte und verließ den Raum.

Nadine aß ihr Frühstück, das aus zwei Scheiben Brot, einem Stück Butter und etwas Wurst und Käse bestand. Ihr Kopf schmerzte noch immer und ihre Gedanken kreisten um die Babys. Warum hatte sie niemals die Chance ihre Kinder kennen zu lernen? Warum wurden sie ihr genommen?
Wie sollte sie es Edda und Clara sagen? Wie wird es wohl, wenn Claras Baby da ist und die Zwillinge nicht? Das wird sicher merkwürdig.

„Oh mein Gott Nadine wie geht es dir? Was ist passiert? Ich soll dich von Clara und Stephan grüßen. Jetzt sag doch mal was los ist." Edda stürmte in das Zimmer herein und plapperte einfach drauf los.

„Edda, ich habe einen halben Herzinfarkt bekommen. Musst du hier so rein stürmen?"

„Tut mir leid. Thomas hatte mich angeschrieben und Clara auch und er meinte eben, dass du angefahren wurdest und im Krankenhaus bist. Wir haben uns doch gestern gesehen, wann ist das denn passiert?"

„Als du gegangen bist, bin ich doch über die Straße gelaufen zum Parkplatz rüber. Da kam dann ein Auto angefahren und hat genau auf mich drauf gehalten."

„Krass. Wie geht's dir? Wann kannst du denn raus? Ihr wolltet doch in den Urlaub oder?"

„Mir geht es beschissen. Ich habe mir Rippen gebrochen, es fühlt sich an, als würde eine Schraubzwinge meinen Oberkörper zusammenpressen, mein Kopf fühlt sich an als wäre da Steine drin die dauernd gegen mein Hirn donnern, und na ja, mein Arm tut einfach weh."

„Ach Mensch, du Arme. Das klingt ja richtig blöd. Brauchst du irgendwas? Soll ich dir was holen?"

„Danke Edda, Thomas bringt mir nachher Alles."

„Okay, wenn doch, dann ruf an oder schreib mir oder so. Weißt du schon, wann du nach Hause darfst?"

„Nein." Nadine zögerte weiter zu reden „Ich habe die Kinder verloren. Sie haben keinen Herzschlag mehr, und wenn ich in den nächsten Tagen nicht von allein eine Fehlgeburt habe, dann muss ich eine Ausschabung machen lassen. So lange werden sie mich wohl da behalten."

„Das tut mir so leid Nadine. Wirklich." Edda fehlten die Worte.
Sie setzte sich zu Nadine auf das Bett und streichelte ihr mit dem Handrücken über die Wange.

„Ist schon gut, lass das Edda, sonst heule ich wieder."

„Soll ich dich lieber alleine lassen?"

„Es ist nicht böse gemeint, aber es kommt eh bald das Mittag essen und ich will noch ein bisschen schlafen."

„Kein Problem, ich komme morgen nochmal und bringe dir was Schönes mit."

„Danke, bis dann."

Am Abend kam Thomas und brachte Nadine ihre Sachen.

„Thomas, du musst die Reise stornieren."

„Das habe ich schon erledigt, dadurch dass ich die Unterlagen hatte, um deinen Krankenhausaufenthalt nachzuweisen, müssen wir auch nicht zahlen. Sobald du wieder fit bist holen wir unseren Urlaub nach."

„Oh ja, das wäre schön. Da freue ich mich drauf."

Thomas und Nadine plauderten noch ein wenig belangloses Zeug bis Nadine so müde wurde, dass sie mitten im Gespräch einschlief.

Kapitel 10

Edda kam jeden Tag und besuchte Nadine, sie brachte Süßes, Obst, Zeitschriften und Rätselhefte, um Nadine zu beschäftigen.

„Danke, dass du dich so um mich kümmerst, Edda. Das ist so lieb von dir."

„Na klar, wir halten doch zusammen. War Clara schon mal da?"

„Ja, sie hat mich gestern besucht. Krass, was sie für eine Kugel bekommen hat, bald rollt sie nur noch. Aber es dauert ja noch ein bisschen, bis das Baby kommt."

„Meinst du es bekommt Stephans Segelohren? Oder Claras knackigen Hintern?"

„Du bist unmöglich, Edda! Es wird sicher einfach nur ein süßes Baby."

„Ja, mal sehen. Im Februar ist es glaube ich so weit, oder?"

„Na ja, irgendwie Mitte Januar, aber welches Kind hält sich schon an Termine", sagte Nadine.

„Da hast du wohl recht."

„Sag mal Edda, ich habe gelesen, dass schon wieder eine Frau verschwunden ist. Und dass zwei Frauenleichen gefunden wurden. Die waren angeblich grausig zugerichtet."

„Ja, das habe ich auch gelesen, schrecklich. Man traut sich schon gar nicht mehr vor die Tür."

„Ja Schrecklich, die armen Familien."

Nach zwei Wochen durfte Nadine endlich nach Hause. Ihre gebrochenen Rippen und der Arm konnten zuhause heilen und auch die Ausschabung hatte sie hinter sich gebracht. Es war merkwürdig, wieder nach Hause zu kommen,
alles war wie immer, doch es war nichts mehr wie es war.
Nadines Herz pochte laut als sie ins Wohnzimmer lief und freute sich umso mehr, als sie den großen Strauß roter Rosen auf dem Tisch sah.

„Wow Thomas, der Strauß ist wunderschön, danke."

„Gerne, ich dachte er muntert dich ein wenig auf."

„Oh ja das tut er. Ich lege mich auf der Terrasse mal ein wenig hin."

„Mach das, ich bringe dir gleich was zu trinken."

Nadine schob die Terrassentür auf, atmete so tief durch wie es ging und erfreute sich an dem Duft der Blumen und der Kräuter im Garten. Auf der Liege schaute sie in den klaren Himmel und lauschte dem Gesang der Vögel. Sie fühlte sich wohl und genoss die warme Sonne auf ihrer Haut.

„Da, dein Wasser Schatz. Hast du dir schon überlegt wann wir dann nach Österreich fahren?", fragte Thomas

„Danke sehr. Was hältst du denn davon wenn wir mal

anfragen, ob die noch über Weihnachten was frei haben?"

„Das dauert ja noch ewig, jetzt wird es ja schon bald wieder Herbst, ich dachte wir fahren demnächst. Immerhin ist es noch schön und sonnig und einigermaßen warm."

„Aber überleg doch mal, Schnee, ein Kamin, wir könnten Ski fahren und es uns Heiligabend so richtig schön gemütlich machen."

„Das klingt schon sehr reizvoll. Ich rufe mal bei denen an und frage, wann die Hütte frei ist. Weihnachten wollen sicher viele nach Österreich."

„Ja, das stimmt natürlich auch. Wir werden es ja sehen."

Während Thomas sich auf machte, um Kontakt mit der Ferienhaus-Vermietung aufzunehmen, genoss Nadine weiter die Sonne und lauschte den Vögeln. Ihr Gesang wurde jedoch durch das Klingeln ihres Handys unterbrochen, das eine neue Nachricht ankündigte.

Nadine, meine Liebe, ich bin froh, dass es dir gut geht. Die frische Luft wird dir sicher gut tun. Ich möchte dich halten und küssen.

Nadine lief ein kalter Schauer über den Rücken. Wieder eine Nachricht von diesem Stalker. Sie hatte keinen Nerv dafür. Wenn Thomas das sehen würde, würde er sie sofort zur Polizei schleppen und Nadine wollte nichts sehnlicher als einfach ihre Ruhe haben. Sie machte das Handy aus, setzte sich ein wenig aufrechter hin und schlief ein.

Thomas ließ seine Frau schlafen, bis er das Abendessen fertig hatte und weckte sie zärtlich mit einem Kuss auf die Stirn.

„Nadine, Schatz, ich habe Abendessen gemacht. Magst du was essen? Oder lieber ins Bett?"

„Abendessen? Ist es schon so spät?"

Thomas nickte und half seiner Frau auf.
Er führte sie zum Tisch und servierte die kross gebackene Tiefkühlpizza.

„Ich weiß, kein kulinarisches Highlight, aber wir werden satt", sagte Thomas.

Nadine musste grinsen.

„Es sieht doch gut aus. Danke, dass du für uns gekocht hast."

„Süß von dir, dass du das kochen nennst, Schatz."

Beide mussten herzlich lachen und aßen genüsslich ihre Pizza. Nadine war etwas abgelenkt, in ihrem Kopf ging sie die Nachrichten von dem Stalker noch einmal durch und hoffte, dass später keine Nachrichten auf ihrem Handy waren, wenn sie es anmachte.
Am Abend war Nadine froh, dass die einzigen Nachrichten von Clara und Edda waren, die ihr gute Besserung wünschten und sich freuten, dass sie endlich zuhause war.

Nach einigen Wochen ging es Nadine wieder gut, die Brüche waren verheilt und auch ihre Lunge füllte sich wieder komplett mit Luft.

„Ist es nicht schön, dass die Blätter so bunt sind? Ich finde es herrlich und irgendwie freue ich mich richtig, dass es mit unserem Winterurlaub nicht geklappt hat und wir jetzt fahren. Ach, ich freue mich so", sagte Nadine.

„Ich mich auch, die Berge sind sicher auch schön, wenn es keine dreißig Grad sind. Vielleicht haben wir Glück und sind beim Alm abtrieb dabei. Ich weiß gar nicht, wann das ist."

„So weit ich weiß, sind es in ganz Österreich verschiedene Termine, den ganzen September lang und Anfang Oktober. Ich glaube, da haben wir Ende Oktober schlechte Karten. Ich gehe dann mit Edda und Clara noch einen Kaffee trinken, wir wollen uns noch verabschieden vorm Urlaub."

„Verabschieden? Ihr seht euch eine Woche nicht und nicht ein Jahr."

„Bei Frauen ist eine Woche wie ein Jahr", wiedersprach Nadine und packte weiter Sachen in den Koffer.

Als sie zu ihrer Verabredung mit Edda und Clara wollte, stolperte sie beinahe über etwas vor ihrer Tür.
Ein großer Strauß weißer Rosen mit einer Art roten Farbe auf den Blüten.
Die Farbe sah aus wie Blut und glänzte in der kühlen Herbstsonne.
Nadine unterdrückte einen Schrei und ging zurück ins Haus, um Thomas zu holen.

„Thomas, da draußen liegt ein blutiger Strauß Rosen", ihre Stimme war kaum lauter als ein Flüstern.

„Was? Wie blutige Rosen? Ich dachte du bist schon längst weg?"

„Wäre ich auch, wenn ich nicht über diesen beschissenen Blumenstrauß gestolpert wäre."

„Ich ruf die Polizei an", sagte Thomas.

Nadine schrieb Edda und Clara in ihrer Mädelsgruppe noch eine WhatsApp-Nachricht, damit sie Bescheid wussten, dass sie sich verspäten würde.

Der leicht untersetzte Polizist nahm den Strauß und packte ihn in eine Tüte.
„Den Strauß nehmen wir mit und untersuchen, ob das Blut echt ist", sagte er knapp.

„Ich fahre am Montag in den Urlaub, kann ich da einfach auf dem Revier anrufen und nach dem Ergebnis fragen?", wollte Nadine wissen.

„Wie lange sind sie denn im Urlaub? Es wird einige Tage dauern, bis wir Ergebnisse haben. Sie können sich auch nach dem Urlaub melden."

„Okay, danke, dass Sie so schnell gekommen sind." Nadine verabschiedete den Polizisten und fuhr nach Bamberg, um sich mit Clara und Edda im CaféUp zu treffen.

„Nadine, jetzt sag doch mal was los ist. Du hast ja nur geschrieben, dass du auf die Polizei wartest und später kommst. Ist was passiert?", fragte Clara

„Ich habe einen blutigen Strauß Rosen vor meiner Tür gefunden. Dieser Irre macht mir langsam echt Angst. Ich bin so froh, dass ich mit Thomas nach Österreich fahre, zuhause halte ich es im Moment einfach nicht aus."

„Wie ein blutiger Strauß? Das klingt ja übelst gruselig."

„Ja Clara, es war echt gruselig. Sie haben ihn jetzt mitgenommen, um zu prüfen, ob es menschliches Blut ist oder nicht."

„Das wird Kunstblut sein", warf Edda ein.

„Ich hoffe es, die Vorstellung, dass es menschliches Blut sein könnte ist echt eklig." Nadine schüttelte sich jetzt noch bei dem Gedanken daran.

„Selbst Tierblut finde ich richtig widerlich", sagte Clara

„Kommt, lasst und über was anderes reden, ich will darüber jetzt nicht mehr nachdenken. Habt ihr schon alles für das Baby. Clara?", fragte Nadine

„Ich habe ja noch bis Anfang Februar Zeit. Im Moment habe ich noch gar nichts. Es braucht ja nur was zum Anziehen erst mal. Am Anfang schläft es bei uns im Bett oder im Beistellbettchen. Ich stille und ich möchte mir noch ein Tragetuch holen als Ergänzung zum Kinderwagen."

„Na, da hast du ja noch was vor. Was ist denn mit Flaschen, Nuckel, Autositz und solchen Sachen?", fragte Edda.

„Ich will ja stillen, da brauche ich keine Flaschen, einen Autositz kaufe ich noch und Nuckel kann ich immer noch kaufen, wenn es so weit ist und wir welche brauchen."

„Ich würde niemals stillen, aber gut, ich würde auch niemals Kinder haben. Das ihr es euch vorstellen könnt ist ja okay, aber ich weiß nicht. Dieses Weinen nachts und aufstehen, obwohl ich noch müde bin und ins Bett gehen, wenn das Kind schläft und so weiter. Das kann ich mir gar nicht vorstellen."

„Na ja, vor meiner Schwangerschaft hätte ich es mir auch nicht unbedingt vorstellen können. Aber als ich dann schwanger wurde, hätte ich mir nichts Schöneres vorstellen können. Ich hätte niemals gedacht, dass man so viel Liebe für etwas empfinden kann, das man noch nie gesehen hat. Es ist unfassbar, wie weh es getan hat, als ich die Zwillinge verloren habe und das, obwohl ich sie noch nie am Arm halten konnte."

„Das glaube ich, ich darf gar nicht drüber nachdenken, mein Baby zu verlieren. Allein bei dem Gedanken kommen mir übelst die Tränen."

„Denk nicht drüber nach, dein Baby ist doch fit und kommt bald gesund und munter auf die Welt", versuchte Nadine ihre Freundin zu trösten.

„Hast du schon alles gepackt, Nadine? Wann fahrt ihr denn genau?", fragte Edda.

„Ja, ich habe alles fertig, morgen früh fahren wir dann gleich los."

„Oh, ich beneide dich, ich hätte auch gerne Urlaub. Aber na ja, ich hab ja Mutterschutz, das feiere ich jetzt schon extrem. Dann kann ich ohne Ende Playsi zocken."

„Du bist echt wie ein Teenie, Clara, am Ende machst du noch einen YouTube-Kanal auf, bei dem dir alle zuschauen, wie du irgendwelche Spiele spielst", frotzelte Edda

„Clara wird dann die Minecraft-Königin", warf Nadine ein.

„Minecraft ist doch schon wieder out, es gibt viel coolere Spiele. Und wenn ich ein großer YouTuber werde und Millionen scheffle, dann seid ihr die Ersten, die neidisch sind."

„Na dann zahlt Clara heute den Kaffee, so als angehende Millionärin", sagte Nadine

Die Freundinnen lachten und kicherten durch das ganze Café, sie hatten das Gefühl, dass man sie wohl in ganz Bamberg hörte.

„Also Mädels, auch wenn es super lustig mit euch ist, aber ich muss langsam los. Wenn Thomas von der Arbeit kommt, will ich gleich das Auto packen, damit wir gleich los fahren können. Ich habe keine Lust auf irgendwelche blöden Überraschungen oder Nachrichten von meinem Stalker."

„Kann ich verstehen, mach´s gut und einen schönen Urlaub euch", sagte Clara.

„Erholt euch gut", fügte Edda hinzu.

Zuhause angekommen, packte Nadine den Audi ihres Mannes voll, als Thomas gerade vom Laub harken aus dem Garten kam.

„Nadine, du weißt schon, dass wir nur eine Woche weg fahren, oder?"

„Äh … wir sind in den Bergen, es ist dann Anfang November, da kann es locker schon schneien."

„Jetzt übertreib mal nicht, und wenn es schneit, haben wir einen Ofen in der Hütte."

„Ja, und eine Sauna, und das nutzen wir auch beides, aber wenn es wirklich schneit, will ich auch raus und im Schnee spazieren gehen."

„Ja, du hast ja recht, trotzdem finde ich es übertrieben. Das ist ein Q7 und kein Smart. In den Kofferraum bekommt man wahrscheinlich ein Pony rein und du schaffst es, ihn komplett voll zu bekommen mit Klamotten für eine Woche Urlaub."

„Hm, was soll ich machen? Das brauchen wir alles, warte mal ab."

Thomas war klar, dass er mindestens drei Viertel der Sachen nicht brauchen würde. Einen gemütlichen Jogginganzug für die Hütte, einen Skianzug für draußen und zwei Jeans, drei Hemden, Socken, Unterwäsche, fertig. Aber so wie seine Frau packte, war für ihn auch nicht viel mehr dabei und sie hatte die passende Unterwäsche zu ihren Socken dabei, die dann natürlich auch zum restlichen Outfit passten.

Nadine wachte am nächsten Morgen noch vor dem Wecker auf und das, obwohl er auf vier Uhr morgens gestellt war.

„Thomas, komm, wir müssen los."

„Was? Ich bin müde", raunte er leise

„Deswegen fahr ja auch ich zu erst, ich habe die Kaffeemaschine eingestellt, Kaffee ist in zwei Minuten fertig, die Energy Drinks für die Fahrt sind im Kühlschrank und bis auf die Zahnbürsten ist alles eingepackt. Komm, steh jetzt auf."

„Ich hasse deine gute Laune frühmorgens, hab ich das schon erwähnt?"

„Nur sehr selten", sagte Nadine und gab ihrem Mann einen Kuss auf die Wange, ehe sie ins Bad verschwand, um sich fertig zu machen.

Österreich, da war Nadine das letzte Mal in der Schule zum Ski-Kurs, es war arschkalt, die Ski wirkten an ihr wie ein störender Fremdkörper, der sie beim Gehen behinderte.
Die anderen Kinder hatten damals gelacht, weil sie in ihrem gelben Ski-Anzug aussah wie Bibo aus der Sesamstraße und sich so ungeschickt bewegte, als hätte sie Steine an den Füßen.
Heute konnte Nadine selber darüber lachen, doch Ski fahren wollte sie trotzdem nicht mehr.

„Thomas, bist du jetzt wach? Ich will dann los", rief Nadine ins Schlafzimmer, nachdem sie die Zahnpasta in das Waschbecken gespuckt hatte.

„Nein, ich schlafe eigentlich noch, es ist dunkel draußen."

„Komm, du kannst im Auto noch schlafen."

Thomas quälte sich hoch und schlurfte zu Nadine ins Badezimmer.

„Was hast du denn gemacht? Deine Augen sind ja total rot und aufgequollen, Thomas."

„Ich seh´ halt so aus, wenn du mich mitten in der Nacht weckst."

„Ist ja gut, ich geh jetzt runter und gieß uns schon mal Kaffee ein. Dann ist er nicht mehr so heiß und du kannst ihn gleich trinken."

„Danke Schatz, du weißt halt was ich will."

Während Thomas sich fertig machte und Nadine den Kaffee vorbereitete, sah sie draußen im Garten ein Licht leuchten.
Als Nadine raus lief, sah sie eine Kerze in einer kleinen schwarzen Laterne brennen und einen Zettel auf dem stand:

Wenn du weg bist, schaue ich in den Himmel und werde bei jedem einzelnen Stern an dich denken.

Nadine war sofort klar, das es eine Nachricht von ihrem Stalker war. Sie pustete die Kerze aus und räumte die Laterne in den Schuppen.
Davon ließ sie sich ihren Urlaub sicher nicht verderben.

„Nadine, was machst du denn bei der Kälte im Garten? Du erkältest dich noch, komm rein."

„Ja, ich komm ja schon, ich habe nur den geschaut, ob der Schuppen zu ist und das Tor hinten", log Nadine

„Das habe ich alles gestern schon zu gemacht, hab ich dir doch gesagt."

„Daran habe ich gar nicht mehr gedacht. Gehen wir unterwegs was frühstücken? Oder wir holen uns an der Tankstelle was?"

„An der Tankstelle, ich habe echt Hunger"

„Alles klar, dann machen wir es so", sagte Nadine

Die beiden fuhren los und frühstückten im Auto. Schon kurz danach schlief Thomas ein und Nadine fuhr in völliger Ruhe auf der leeren Autobahn Richtung Österreich.
Thomas hatte einen Riecher dafür, wann es Essen gab, pünktlich zur Mittagszeit schlug er mit grummelndem Magen die Augen auf.

„Wollen wir irgendwo was essen gehen?", fragte Thomas.

„Ja, das ist eine gute Idee. Ich habe schon voll Hunger."

„Auf was hast du denn Lust? Dann suche ich im Navi mal was raus."

„Mir ist es egal, ich würde gerade alles essen."

„Immer ist dir alles egal, jetzt sag halt was du willst."

„Willst du jetzt mit mir streiten? Dann fahren wir eben einfach zu einer Raststätte."

„Ich will nicht mit dir streiten, ich will nur wissen, was du essen willst."

„Und mir ist es egal, was wir essen. Ich finde überall was."

„Na dann schaue ich einfach, was es in der Nähe gibt. Da ist ein Italiener, drei Kilometer von der Autobahn."

„Klingt gut, rufst du an, ob die noch einen Tisch für uns haben?"

„Na klar, mache ich."

Sie hatten Glück, unter der Woche war dort nicht viel los und die beiden bekamen einen süßen kleinen Tisch direkt am Fenster.
Es sah recht nobel aus mit dem dunklen Holz und der ansonsten hellen Einrichtung und trotzdem sehr einladend und gemütlich. Obwohl es mitten am Tag war, standen Kerzen auf dem Tisch, die von dem netten Kellner mit dem östereichischen Akzent angezündet wurden.

„Boah, die Pizza war echt gut, aber ich bin jetzt papp satt. Fährst du weiter?", fragte Nadine

„Na klar, dann kannst du dich ein bisschen ausruhen. So weit ist es ja nicht mehr."

Während Nadine so aus dem Fenster schaute und die Wiesen, Felder und Bäume vorbei rauschen sah, wurde sie immer müder und schlief ein.

„Schatz. Schaaaatz. Wir sind fast da. Wir müssen nur noch den Schlüssel holen. Wo hast du denn den Buchungsbeleg?"

„Was? Jetzt schon? Habe ich die ganze Zeit geschlafen? Äh, der Beleg ist im Kofferraum, in der Reisetasche im Seitenfach."

Die Hütte war wie aus dem Bilderbuch.
Ein offener Kamin mit einem Fell davor, eine gemütliche
Couch und alles mit Holz.

"Wow Nadine, das hast du echt toll ausgesucht. Schau
mal, wir haben sogar eine Sauna, Wahnsinn."

„Oh ja es ist echt schön hier. Ich bin jetzt total fit,
obwohl ich ja gerade mal ne Stunde geschlafen habe.
Wollen wir noch was machen?"

„Nee, ich bin voll müde und das, obwohl ich die ganze
Fahrt geschlafen habe."

„Ich meinte eher einen Film schauen oder so was. Auf
raus gehen habe ich auch keine Lust."

„Oh ja, ein Film klingt super."

Da der Film absolut nicht ihr Geschmack war, ging
Nadine nach oben und schaute sich ein wenig um.
Vielleicht würde sie ja eine gemütliche Ecke finden, wo
sie ein wenig lesen könnte. Die Treppe war alt und mit
jeder Stufe wurde das Knacken der Holztreppe lauter.
Auch die Tür öffnete sich mit einem lauten Knarren und
bereitete den Weg ins Schlafzimmer.
In dem Zimmer gab es nur ein wenig schummeriges Licht
von einer kleinen Lampe auf dem Nachttisch. Das
wuchtige Holzbett stand in der Mitte der Wand und war
bedeckt von einer rosa geblümten Tagesdecke. Aus
irgendeinem Grund zog es sie zu dem Bett und Nadine
schlug die Tagesdecke zurück. Sie war starr vor Angst
und konnte nicht glauben was ihre Augen dort sahen:
Das ganze Bett war mit Blut getränkt, auf dem Kissen lag
ein Bild von ihr, ein Bild, auf dem sie hier in Österreich
vor der Hütte stand.

Ihr Gesicht zerkratzt und ein Schnitt in ihrer Kehle.
Der Schrei, den sie ausstieß, war sicher in den ganzen
Bergen zu hören. Sie schlug ihre Augen auf und sah in
das verdutzte Gesicht von Thomas.

„Hast du schlecht geträumt, Schatz?"

„Bin ich eingeschlafen?"

„Ja, der Film hatte noch nicht mal richtig angefangen, da
hast du schon geschlafen. Ich dachte du bist so fit,
nachdem du im Auto geschlafen hast", neckte Thomas
sie.

„Haha, du kannst mich mal. Der Film war halt scheiße."

„Mir würde ja auch was anderes einfallen was wir machen
könnten außer einen Film schauen", sagte Thomas und
küsste seiner Frau den Hals.

Seine Hand fuhr über ihre Schenkel und streichelte sie
zärtlich.
Nadine genoss die Zärtlichkeiten und revanchierte sich
bei ihm mit einem beherzten Griff in seine Hose, als es
draußen plötzlich laut schepperte.

„Was war das denn?", fragte Thomas und sprang auf.

Er ging nach draußen und fing laut an zu lachen.

„Was ist denn da so lustig Thomas?", fragte Nadine

„Weißt du, was da so gescheppert hat? Der Holzhaufen
ist umgefallen. Da war ein Reh, vielleicht hat sich das am
Holz geschubbert."

„Das Reh war doch schon weg, oder?"

„Ich hab es gesehen, wie es in den Bäumen
verschwunden ist. Aber es war sau schnell, als hätte es
sich
erschrocken"

Thomas und Nadine brauchten den restlichen Tag, um
das ganze Holz neu aufzustapeln.

„Gehen wir ins Bett?"

Nadine graute es davor, nach oben ins Schlafzimmer zu
gehen. Obwohl sie wusste, dass es nur ein Traum
gewesen war, bekam sie dieses komische Gefühl in der
Magengegend nicht weg.
Dieses aufsteigende Kribbeln, welches auf etwas
Unheimliches hindeutete.
Was wenn der Stalker ihr gefolgt war?

„Kommst du?"
Thomas riss sie aus ihren Gedanken.

„Ja, ich komme. Ich hol nur noch schnell ein Wasser."

An dem Abend lag Nadine lange wach, die Angst, wieder
zu träumen war einfach zu groß.
Es dauerte bis weit nach Mitternacht, bis sie
eingeschlafen war.

„Heute ist echt ein wunderschöner Tag, wollen wir ein
bisschen spazieren gehen, Thomas? Thomas? Hast du
gehört, was ich gesagt habe?"

„Äh nein, was ist? Ich habe gerade Holz geholt."

„Ob wir spazieren gehen wollen. Das Wetter ist so toll und heute Nacht hat es geschneit."

„Na dann ziehen wir uns mal an. Wir können ja unten im Tal was essen gehen."

„Ja, das klingt gut. Was ist denn so typisch Östereichisch? Also außer dem Klischee Kaiserschmarrn."

„Ich habe keine Ahnung, aber ich hoffe, die haben was mit Klößen, die kochst du ja nie für mich."

„Oh, du armer Mann."

Der Schnee ächzte unter den schweren Stiefeln, und obwohl es eiskalt war, wärmte die Sonne die wenige freie Haut.
„Was war das? Hast du das gehört?"

„Ich habe nichts gehört. Ich glaube du wirst paranoid, Nadine."

„Da hat was ewig laut geraschelt."

„Vielleicht Vögel oder so was."

„Ja wahrscheinlich. Ich bin so schreckhaft geworden seit der Sache mit dem Stalker."

„Komm, jetzt lass uns nicht darüber reden. Wir wollten doch einen schönen Urlaub verbringen."

„Klar, schweig nur alles tot."

„Was hast du gesagt?"

„Nichts, passt schon."

Die beiden liefen das kurze Stück bis ins Tal schweigend nebeneinander her.
Früher waren sie ein lustiges Pärchen mit soviel Liebe.
Seit dem Stalker leben sie nur noch nebeneinander her und stritten immer wegen irgendwas.
Ständig waren es Kleinigkeiten, die Nadine zum Platzen brachten, weil sie so angespannt war.
Auch Thomas litt unter der Situation. Wie sollte er seine Frau beschützen? Die Angst, dass auch seine Frau zum Opfer des Rosenkillers werden könnte, dass sie eines Tages nicht mehr nach Hause käme, saß tief.
Natürlich hatte sie einen gewissen Polizeischutz, aber die können auch nicht alles verhindern.

Als es Abend wurde, loderte ein gemütliches Feuer im Kamin.
Thomas stand auf.

„Ich hol schnell noch ein bisschen Holz draußen."

Die Minuten vergingen und Thomas war noch immer nicht wieder drin. Nadine zog sich ihre rote Kuscheldecke über die Schultern und öffnete langsam die Tür.
Es war bitterkalt, der Schnee fiel in dicken Flocken lautlos vom Himmel. Sie folgte den Fußspuren zum Holzplatz.
Rote Bluttropfen waren im Schnee zu sehen.
Nadines Herz klopfte, als sie die roten Tropfen im Mondlicht erblickte.
Thomas war immer noch nicht zu sehen.

„Thomas?" Ihre Stimme zitterte und wurde kaum lauter als ein Flüstern.

Die Fußspuren ihres Mannes gingen weiter bis in den Wald hinein.

Nadine ging mit schlotternden Knien weiter, nur drei Schritte, als könnte sie dann weiter in den Wald schauen. Sie hörte Schnee knacken, konnte aber nicht ausmachen, wo es her kam. Nadine atmete immer schneller, sie war starr vor Angst. Eigentlich wollte sie nur rein ins sichere Haus, aber wo war Thomas?

Von hinten kam eine eiskalte Hand und fasste sie am Handgelenk.

Nadine schrie aus voller Kehle, als würde es um Leben und Tod gehen.

„Hey, alles gut, was machst du denn hier draußen?"

„Boah Thomas, du Arsch. Weißt du, wie du mich erschreckt hast? Du bist ewig nicht reingekommen, da wollte ich nach dir schauen und dann … dann habe ich das Blut gesehen und dachte … "

„Komm her, alles gut. Ich habe ein paar kleine Hölzer gehackt zum Anzünden morgen. Die Axt hier ist super scharf, als ich diesen Schutz über die Klinge ziehen wollte, habe ich mich geschnitten."

„Und wo warst du?", fragte Nadine mit einem dicken Kloß im Hals.

„Ich habe ein Geräusch gehört. Aber es waren wohl nur irgendwelche Tiere oder Vögel, jedenfalls hab ich nichts gesehen. Und als ich aus dem Wald kam, habe ich dich hier stehen sehen."

„Und mich zu Tode erschreckt."

„Na, für tot siehst du aber noch ganz gut aus"

„Echt lustig, haha. Komm, lass uns rein gehen, mir ist arschkalt. Drinnen habe ich auch Pflaster für deinen Finger."

Nadine versorgte seinen Finger und dachte nach.
Wie sollte sie zuhause normal leben, wenn sie nicht mal im Urlaub abschalten konnte?
Ein einfaches Rascheln brachte sie schon einem Herzinfarkt nahe. Auch wenn er ein Mörder war und einige Frauen getötet hatte, doch Nadine hatte merkwürdigerweise keine Angst vor dem Stalker. Wenn er sie hätte töten wollen, hätte er es sicher schon längst gemacht. Nach demAutounfall gab es keinen Anschlag mehr und wer weiß, ob das überhaupt der Stalker war. Sie hatte beschlossen, den Urlaub mit Thomas einfach nur zu genießen und die Woche auszukosten, wo es nur ging und nicht an den Stalker zu denken.
Doch ein mulmiges Gefühl blieb trotzdem. Könnte Thomas der Stalker sein? Aber dann wäre er ja auch der Rosenkiller. Thomas ein Mörder? Das konnte sie nicht glauben doch dieses merkwürdige Gefühl in der Magengegend blieb. Er war so merkwürdig zurzeit, ir- gendwie hatte er sich verändert – oder bildete sie sich das nur ein? Und vor der Hütte war er auch einfach im Wald verschwunden gewesen … ein wenig merkwürdig kam ihr das schon alles vor.
Nadine wischte diese bizarren Gedanken aus ihrem Kopf, so etwas durfte sie gar nicht erst denken.

Nach einer Pause auf der Almhütte startete Thomas einen fiesen Angriff aus dem Hinter halt.
Er schmiss einen riesigen Schneeball genau in Nadines Genick.

„Das hast du jetzt nicht gewagt. Das gibt Rache."

Die Schneebälle, die sie machte, waren deutlich kleiner als die von ihrem Mann.
Aber Nadine war zum Glück sehr treffsicher und revanchierte sich gleich. Es sah unheimlich lustig aus, wie die beiden Erwachsenen durch den Schnee tobten. Zwei Sechsjährige hätten wohl nicht ausgelassener spielen können. Endlich war es mal ein schöner Tag. Ein wunderschöner Tag. An Ski fahren war nach der Schneeballschlacht nicht mehr zu denken. Das Ehepaar war bis auf die Knochen durchgefroren und wollte nur noch eins: eine heiße Dusche. An der Hütte bemerkte Nadine einen merkwürdigen Zettel, der an die Tür genagelt war. Als sie näher kam, sah sie, dass es ein Umschlag war. Sofort kam dieses blöde Gefühl in ihr hoch, diese Angst, fast schon Panik, die sich in ihr breit machte. Wieder ein Brief von dem Stalker. Wie hatte er sie hier nur gefunden? Woher wusste er, dass sie im Urlaub war? Mit zitternden Händen nahm sie den Umschlag von der Tür und öffnete ihn langsam.

„Solche Idioten, sind die völlig blöd?"

„Was ist denn Nadine? Ist es von dem Stalker?"

„Nee, da schau. Es ist die Abrechnung für die Hütte und eine Speisekarte von der Almhütte und ein paar Ausflugsziele. Und da ist noch ein Zettel; Hallo Frau Wolf, leider habe ich versäumt Ihnen Ihre Unterlagen am Anreisetag zu übergeben und hole dieses hiermit nach. Einen schönen Aufenthalt wünscht R. Schmidt. Ich dachte schon, dieser widerliche Stalker hätte mich hier gefunden. Warum macht dieser R Punkt Schmidt das?"

„Jetzt komm mal wieder runter, woher soll er denn wissen, dass du einen Stalker hast und der dir Briefe an die Tür hängt?"

„Ja ja, du hast ja recht."

Nadine war sich nicht sicher, ob sie sich freuen sollte, dass der Urlaub schon fast zu Ende war oder ob sie traurig sein sollte. Eigentlich fühlte sie nichts. Es war, als wäre sie gefangen in einem dunklen Loch, welches sie immer tiefer in sich rein zog.

„Können wir morgen gleich früh heim fahren? Also nicht erst mittags?"

Nadine wollte nur noch weg, sie wollte nicht nach Hause, nicht zu dem Stalker, der auf sie wartete, aber hier in der Einöde zwischen Bäumen und Bergen fühlte sie sich auch nicht mehr sicher.

„Ja okay, dann lass uns gleich nach dem Aufstehen los fahren. Wir können ja irgendwo unterwegs etwas frühstücken gehen."

Als das Auto fertig beladen war, machten sie sich auf den Weg runter ins Tal, die Schneeketten waren wohl das Einzige, was sie noch auf der Straße hielt.
Nach einigen hundert Metern Fahrt bekam Nadine eine WhatsApp-Nachricht. Ein Foto von ihr im Schnee.

Deine Augen glitzern im Schnee, der rote Lippenstift, den du bei eurem Essen drauf hattest, steht dir ausgezeichnet. Du solltest dich öfter so raus putzen. In dir steckt eine Königin.

„Was ist Nadine? Eine Nachricht von zuhause? Ist was passiert?"

„Nein nichts, mein Stalker hat mir nur geschrieben, wie hübsch ich im Schnee bin."

„Was? Wir müssen die Polizei rufen."

„Nein, ich habe keinen Bock mehr. Scheiß auf die Polizei, die können doch eh nichts machen. Und wetten: Dieses Arschloch ist gar nicht mehr hier? Was soll die Polizei machen? Die Handynummer überprüfen können auch Steffi oder Kommissar Lehmann. Die ist garantiert eh von einem Prepaid Handy."

„Du bist so unglaublich stur. Wie kann man nur so sein?"

„Ich ruf in Haßfurt auf dem Revier an. Die sollen sich das anschauen."

Vor ihrem Mann wollte Nadine nicht zeigen, wie viel Sorgen sie sich machte. Den Gedanken dass Thomas doch der Stalker sein könnte, wollte sie zwar noch immer nicht zu lassen, doch unterschwellig kam es ihr immer mal wieder in den Sinn. Was würde wohl passieren, wenn sie wieder zuhause war? Noch mehr heimliche Bilder? Liebesbriefe?
Weitere Tote? Nadine wollte es sich nicht ausmalen, was noch alles auf sie zukommen könnte.
Die Fahrt nach Hause beziehungsweise zum Polizeirevier kam ihr unendlich lange vor.
Auf dem Revier schilderte sie alles Kommissar Lehmann, welcher nicht begeistert war, dass sie den Brief einfach mitgenommen hatte.

„Frau Wolf, Sie hätten die Kollegen in Österreich anrufen müssen. Wer weiß, was uns für Spuren entgangen sind. Das war mehr als nur unvernünftig von Ihnen."

„Ja, ich weiß, aber können Sie sich auch nur annähernd vorstellen, wie zermürbend das alles ist? Bei jedem Brief, bei jedem Knarren im Haus, bei jedem Anruf zucke ich starr vor Angst zusammen. Ich traue mich nicht mehr meine Freunde zu besuchen. Ich habe Angst, dass dieser Irre wieder mordet, und dass vielleicht ich das nächste Opfer bin"

„Darüber müssen Sie sich eher weniger Gedanken machen. Die Mordserie hat nachgelassen. Er hätte schon genug Möglichkeiten gehabt Ihnen etwas anzutun."

„Super, ich hätte schon fünf mal sterben können." Die Ironie in Nadines Stimme war nicht zu überhören.
Sie nahm ihre Tasche und ging ohne zu zögern raus.

„Es tut mir leid Herr Lehmann. Meine Frau ist im Moment sehr leicht reizbar, sie hat es sicher nicht so gemeint."

„Kein Problem Herr Wolf, ich kann die Aufregung Ihrer Frau gut verstehen. Sie soll weiterhin nicht alleine raus. Wenn sie Drohungen oder ähnliches bekommt, soll sie sich melden, wir werden sie schützen."

„Danke." Thomas nickte ihm noch kurz zu und ging dann.

„Nadine, dein Auftritt war unmöglich."

„Ach echt ja? Ist ja auch nicht so schlimm, dass wir vielleicht einen Killer und einen Stalker haben. Lad sie doch zum Kaffee ein, ich back einen Kuchen für euch."

„Jetzt übertreib doch nicht immer gleich. Natürlich ist es schlimm und keiner hat gesagt, dass es harmlos ist. Aber der Lehmann macht doch auch nur seinen Job."

„Ja ich weiß. Aber kannst du dir vorstellen, was ich für eine Angst habe, dass du nicht mehr von der Arbeit nach Hause kommst? Oder dass ich nochmal fast getötet werde, der eine Anschlag auf mein Leben hat mir gereicht. Wegen diesem Idioten habe ich unsere Kinder verloren, ich möchte nicht noch jemanden verlieren."

„Ich möchte dich auch nicht verlieren, aber wir können uns doch nicht nur verstecken und aufhören zu leben. Er hat uns in Österreich gefunden, dann findet er uns in Ebelsbach auch oder egal wo wir hin gehen. Meinst du ich habe keine Angst, wenn ich dich anrufe und einfach nicht erreiche?"

„Doch, ich vergesse es einfach, dass es dich auch fertig macht. Tut mir leid."

„Ist schon gut."

Kapitel 11

Zuhause war es zum Glück ruhig, keine schrägen Stalker-Nachrichten.
Keine komischen Bilder oder irgendwelche Blumen.
Das Handy von Nadine piepste, auf dem Display erschien eine neue WhatsApp-Nachricht;
Hallo Nadine, pass bitte auf dich auf, dein Stalker ist der Killer. Liebe Grüße Steffi.

Sofort glitt die Farbe aus Nadines Gesicht.
Was meinte Steffi? Der Typ, der Frauen verschleppt und ermordet, soll der gleiche sein, der sie stalkt?

„Nadine, was ist los? Du bist ja total blass. Wieder eine Nachricht von dem Stalker?", fragte Thomas.

„Er ist der Mörder. Mein Stalker ist der Frauenmörder. Der Rosenkiller."

„Was? Woher weißt das?"

„Steffi hat mir eine Nachricht geschrieben."

„Hä? Warum? Warum hat sie dich nicht aufs Revier bestellt oder angerufen?"

„Wahrscheinlich kommt das noch. Sie wollte mich bestimmt einfach nur warnen. Das ist sicher inoffiziell."

„Ich nehme mir Urlaub. Ich kann dich doch hier nicht alleine lassen."
„Damit der Stalker mehr zu gucken hat? Der hätte mich doch sicher schon tausend Mal töten können."

„Nadine, das ist einfach ein Irrer. Der kann ganz schnell seine Pläne ändern."

„Und dann? Bleibst du jetzt drei Jahre zu Hause? Oder fünf Jahre? Deine Eltern finden es sicher nicht lustig, wenn sie ihre Rente um zehn Jahre verschieben müssen, weil du mein Babysitter bist."

„Ich kann aber auch nicht zusehen, wie so ein Typ meine Frau kaputt macht."

„Wir schaffen das schon irgendwie. Vielleicht verliert er ja irgendwann das Interesse."

„Ich hoffe es."

Drei Tage später hatte Nadine einen Termin auf dem Revier, bei dem ihr ganz offiziell gesagt wurde, dass ihr Stalker der Killer ist. Die DNA proben von dem Blut am Strauß und der Opfer war eindeutig.
Sie wusste nicht, wie sie reagieren sollte, obwohl sie drei Tage Zeit gehabt hatte, sich an den Gedanken zu gewöhnen, lief ihr ein kalter Schauer über den Rücken.
Als Nadine sich zuhause gerade hingesetzt hatte klingelte das Telefon.

„Wolf", meldete sich Nadine. „Hallo? Ist da jemand?"

Nadine legte auf und ging in die Küche, um sich ihren Lieblings-Tee zu machen.
Sie nahm einen Beutel Erdbeer-Minz-Tee und füllte den Kessel mit Wasser, als das Telefon wieder klingelte.

„Ja hallo? Hallo, ist da jemand?" Wieder antwortete ihr keiner.

So langsam wurde es Nadine unheimlich.
Wieder wendete sie sich ihrem Tee zu und stellte den
Wasserkessel auf den Herd.

Warum nervte dieser Stalker ausgerechnet sie? Warum
hatte er sich nicht jemanden anderen ausgesucht?
Der Wasserkessel pfiff auf dem Herd und riss sie aus
ihren Gedanken.

Als sie sich mit ihrem Tee ins Wohnzimmer setzte,
klingelte Nadines Handy.
Wer schickt mir denn jetzt ein Bild?
Unbekannte Nummer? Komisch.
Ein lautes Scheppern hallte durch das Haus, der Tee
färbte den hellen Teppich unter der Couch rot und
Tränen schossen Nadine in die Augen.
Auf dem Foto war sie selber zu sehen, wie sie in der
Küche stand und ihren Tee machte.
Nadine wollte sich am liebsten verkriechen, ihr Herz
raste und ihr Atem wurde immer schneller.
Das Telefon klingelte, ihr Augen waren weit aufgerissen
und Panik stieg in ihr hoch. Sie riss den Stecker aus der
Telefonbox und ging ins Schlafzimmer.
Dort eingeschlossen, fühlte sie sich wenigstens ein
wenig sicherer.

Sie traute sich nicht aus dem Schlafzimmer raus und
ausgerechnet heute musste Thomas länger machen.
Er würde sicher kommen, wenn sie ihn anrufen würde,
aber ihre Angst, das Handy einzuschalten und noch
mehr Nachrichten und Fotos zu bekommen, war einfach
zu groß.
Auf dem Radio Wecker war es 16.30 Uhr , also noch
mindestens eine Stunde, bis er nach Hause kommen
würde.
Im Haus war es so still, dass man eine Stecknadel hätte

fallen hören können. Von unten hörte Nadine ein
Geräusch, das Knarren der alten Haustür.
Sie machte ihr Handy an, und tippte 110

„Da ist jemand in meinem Haus", flüsterte sie.
Nach dem sie ihre Adresse durchgegeben hatte, hörte
sie ein Knarren. Sie konnte nichts machen, ihr Körper
war wie versteinert, die Tränen liefen und liefen. Nadine
versuchte leise zu sein, nicht zu schluchzen und flach zu
atmen.

„Nadine? Bist du zuhause? Hey Schatz, wo bist du
denn?"

Die Stimme, die durchs Haus hallte, war ihr vertraut.
Endlich konnte sie sich wieder bewegen.
Sie stürmte aus dem Schlafzimmer raus und drückte sich
fest an ihren Mann.

„Thomas, Gott sei Dank bist du es."

Nadine weinte und schluchzte und konnte sich kaum
beruhigen.

„Was ist denn los, Schatz? Was ist passiert?"

„Er war hier."
Mehr konnte sie nicht sagen. Nadines Kehle war wie
zugeschnürt.
Noch während Thomas versuchte seine Frau zu trösten,
kam die Polizei mit Sirenen und Blaulicht.

„Halt, gehen Sie von der Frau weg", schrie ein Polizist
Thomas entgegen.

„Das ist meine Frau, ich wohne hier."

„Stimmt das?", fragte er Nadine.
Sie nickte und der Polizist wurde merklich entspannter.

„Mein Kollege sucht den Garten ab. Ist die Person noch im Haus?"

Nadine konnte sich kaum beruhigen und zitterte am ganzen Körper.

„Was? Hier war jemand drin? Ist alles in Ordnung bei dir? Schatz, hast du gesehen, wer hier drin war?"
Thomas nahm seine Frau noch fester in den Arm.

„Du", antwortete Nadine knapp.

Als sie Thomas' fragenden Blick sah, versuchte sie sich zu sammeln.

„Hier hat jemand angerufen, aber er hat nichts gesagt. Danach habe ich mir einen Tee gemacht und ein Foto bekommen. Da war ich drauf, wie ich mir meinen Tee mache. Also habe ich das Rollo zu gemacht, und als das Telefon wieder klingelte, habe ich es aus gesteckt und bin hoch ins Schlafzimmer.
Mein Handy habe ich ausgemacht, weil ich so Angst hatte. Du hast ja gesagt, dass du später kommst, als ich dann die Tür gehört habe, habe ich die Polizei gerufen. Ich wusste nicht, dass du es bist."
Die Tränen liefen ihr wieder über die Wangen und tropften an ihrem Kinn runter.

„Haben Sie das Handy hier? Können wir das Bild mal sehen?", fragte der Polizist.

Nadine holte ihr Handy aus dem Schlafzimmer und führte den Polizist nach unten ins Wohnzimmer.

„Hier, das ist die Nachricht, die ich bekommen habe."
Nadine gab ihm das Handy und auch der zweite Polizist
kam rein.

„Draußen ist niemand. War hier jemand?", fragte der
jüngere von beiden.

„Nein", antwortete er knapp und befragte Nadine
weiter.

Über eine Stunde waren sie da, haben alles abgesucht
und sie über den Stalker ausgefragt.

„Sie sollten nirgends alleine hingehen, Frau Wolf. Es gab
zwar schon eine Weile keine Morde mehr, aber da
dieser Stalker ja auch für die Frauenmorde
verantwortlich ist, sollten sie auf sich aufpassen. Rufen
Sie uns
lieber einmal öfter."
Mit diesen Worten verabschiedete sich der Polizist und
ging mit seinem jungen Kollegen weg.

„Ich nehme mir jetzt wirklich Urlaub, ich lasse dich keine
Sekunde alleine. Wer weiß, was dieser Irre noch alles
macht."

„Danke Schatz, ich hätte nie gedacht, dass ich mich mal
so hilflos fühle."

„Zusammen schaffen wir das. Ich liebe dich."

„Ja, ich liebe dich auch."

Nadine schlief auf der Couch ein, mit dem Kopf in dem
Schoß ihres Mannes fühlte sie sich deutlich wohler und
sicherer. Auch wenn sie sich nach den Geschehnissen

auf der Hütte nicht zum ersten mal fragte ob Thomas
hinter all dem steckte.
Die Indizien sprachen gegen ihn, ihr Herz wollte jedoch
nicht glauben dass er ein Stalker oder gar ein Mörder
war.

Am nächsten Morgen wachte Nadine im Schoß ihres
Mannes auf. Er hatte die ganze Nacht auf der Couch
gesessen, damit sie in Ruhe schlafen konnte. Das war
wohl eine der süßesten Sachen die Thomas je für sie
getan hatte. Nein, er war mit Sicherheit nicht ihr
Stalker, das konnte nicht sein.

„Thomas, wach auf Schatz. Dir muss doch alles weh tun,
oder? Hast du hier die ganze Nacht gesessen?"

„Guten Morgen, ich wollte dich nicht wecken, aber ich
wollte dich auch nicht alleine lassen."

„Oh, bist du süß. Das ist echt lieb von dir. Ich gehe jetzt
mit Clara und Edda zum Frühstücken."

„Dann fahr ich dich hin."

„Quatsch. Ich fahre selber, wir wollen nach Haßfurt zum
Höreder Beck, der Bäcker ist gut besucht und ich kann
vor der Tür parken, da wird schon nichts passieren."

„Ja okay, aber pass auf dich auf. Dann fahre ich nochmal
in die Firma ein paar Unterlagen holen, dann kann ich
von zuhause ein bisschen arbeiten."

„Mach das, ich bring uns dann was zu essen mit."

„Ich lade dich heute Abend zum Essen ein, such einfach
was aus. Ich würde mit dir sogar in dein geliebtes

Cocoon gehen. Dann kannst du Sushi essen und ich bestell mir was von dem richtigen Essen."

„Sushi ist richtiges Essen, aber das klingt echt gut, da hätte ich schon Bock drauf. Also bis später dann."

„Bis nachher."

Nadine war als letzte beim Bäcker, Clara und Edda warteten schon ungeduldig auf ihre Freundin.

„Hallo Edda, hallo Clara. Sag mal, du platzt doch bald, oder? Hast du nicht noch vier Wochen?"

„Ja, ich platze bald und bekomme mein Kind so wie die Aliens, die sich einfach aus der Bauchdecke raus fressen."

„Tschuldigung, das war doch nicht böse gemeint."

„Ich weiß Nadine, aber jeder kommt an und fragt, ob es bald so weit ist und dass ich ja einen Riesenbauch habe und ob da zwei Kinder drin sind und und und. Sogar wildfremde Leute tatschen mir auf den Bauch und fragen, wann es so weit ist. Ich hab keinen Bock mehr schwanger zu sein, ich will dieses Kind bekommen und gut ist. Mein Rücken tut übelst weh, meine Schuhe passen vor lauter Wasser in den Beinen nicht mehr, ich habe nichts zum Anziehen, ich fühle mich mega Fett und hatte seit Wochen keinen Sex mehr, weil ich mich selber nicht ertrage." Clara stiegen Tränen in die Augen.

„Ach Süße, schau mal, bald ist doch das Baby da und ihr werdet super glücklich sein und dann fühlst du dich wieder wohler", versuchte Nadine Clara aufzumuntern.

„Okay, diese Hormone müssen ja furchtbar sein. Vielleicht sollte ich mich sterilisieren lassen."

„Edda, du bist unmöglich", rügte Nadine.

„Aber sie hat recht, die Hormone sind einfach zum Kotzen. Ich habe keinen Bock mehr und will einfach nur noch, dass es kommt und ich will keine vier Wochen mehr warten", antwortete Clara

„Vielleicht kommt es ja früher, ich drück dir die Daumen und Edda sicher auch."

„Klar."

„Nadine, jetzt erzähl doch mal, wie war euer Urlaub? Habt ihr an kleinen Wolfs-Kindern gebastelt?", wollte Clara unbedingt wissen.

„Nee nee, dazu sind wir gar nicht gekommen. Aber es war so unglaublich schön. Die Berge im Winter sind großartig. Wir haben eine Schneeballschlacht gemacht, waren spazieren und essen. Ich war schon lange nicht mehr so erholt, na ja ... bis zum letzten Tag."

„Was war denn?", fragten Edda und Clara gleichzeitig.

„Als wir auf dem Heimweg waren, habe ich eine WhatsApp bekommen, wieder ein Foto von mir unter dem er geschrieben hat, wie wunderschön ich im Schnee aussehe."

„Was? Dein Stalker hat mit dir Urlaub gemacht?"

„Ach Clara, wenn du das so sagst, klingt es noch viel gruseliger. Mir reicht es schon, dass der überhaupt wusste, dass ich in Österreich war und mir gefolgt ist."

„Du solltest nicht mehr alleine raus. Die Polizei hat das bestimmt auch gesagt, oder?" Edda war ihr Entsetzen darüber, dass Nadine sich in solche Gefahr begibt, deutlich anzuhören.

„Ja, ich soll eigentlich Bescheid sagen, wenn ich irgendwo hin will und bekomme dann Polizeischutz. Aber hey, es ist nur ein Treffen mit euch und da will ich echt nicht die Polizei dabei haben. Außerdem ist es mitten am Tag, da wird schon nichts passieren."

„Du bist so leichtsinnig, echt. Ich bringe dich dann aber nachher mit nach Hause. Edda kommt bestimmt auch mit."

Edda nickte sofort zustimmend. „Klar bringen wir dich nach Hause."

„Können wir jetzt mal nicht über mich reden? Vielleicht lieber von dir, Clara? Was macht dein Bauchzwerg? Voll krass das der Zwerg schon bald kommt."

„Ja, finde ich auch, das Baby könnte ja jetzt jeden Tag kommen, die Übungswehen machen mich noch irre, aber irgendwie freue ich mich total auf die Geburt. Und wenn er oder sie endlich in meinen Armen liegt, ich die kleinen Hände anfassen darf und die kleinen Wangen küssen darf."

„Also dass aus dir Partygöre mal so eine leidenschaftliche Mama wird, hätte ich nie für möglich gehalten. Hättest du das gedacht, Nadine?"

„Na ja, irgendwie konnte ich mir schon vorstellen, dass

130

wir alle mal Kinder haben, aber ich dachte eher, dass Clara die letzte von uns wäre. Hä? Wer ruft denn jetzt an? Unbekannt. Ich geh mal kurz raus."

Nadine und Clara nickten. In der Zeit, in der Nadine draußen war, quatschten Clara und Edda weiter.

Als Nadine wieder rein kam, war sie kreidebleich und Tränen rannen ihre Wangen herunter.

„Was ist passiert? Warum weinst du?" Clara sprang eher unbeholfen mit dem großen Bauch auf und nahm ihre Freundin in den Arm.

„Thomas, er ist in Schweinfurt im Krankenhaus. Ein Auto hat ihn auf dem Weg zur Arbeit angefahren, ich soll gleich hinkommen."

Nadines Füße trugen sie kaum noch und sackten plötzlich unter ihr weg.

Edda half Clara und gemeinsam setzten sie Nadine in einen kleinen Sessel, auf dem sie vorher saßen. Die Bedienung hatte alles mitbekommen und brachte Nadine ein Glas Wasser.

„Brauchen Sie einen Krankenwagen? Oder irgendwas anderes?", fragte die Frau freundlich.

Doch Clara winkte ab: „Danke, es geht sicher gleich wieder."

„Ich will zu Thomas ins Krankenhaus", schluchzte Nadine.

„Na klar, komm, ich fahre dich." Edda stand auf und

stützte Nadine.

„Ich fahre nach Hause, es reicht ja, wenn Edda mit geht. Wenn du was, brauchst melde dich und schreibt mir aus dem Krankenhaus, sobald ihr was wisst", sagte Clara

„Na klar. Machen wir."

Nadine war wie in Trance auf dem Weg ins Krankenhaus.

Wie würde Thomas wohl aussehen? Wie konnte das bloß passieren? Ob er jemals wieder gesund wird? Ach, was dachte sie bloß, natürlich wird er wieder gesund, er muss. Nadine musste jetzt positiv denken. Das würde schon werden.

„Nadine. Nadine, Nadine wir sind da."

„Äh ja, ich komme. Tut mir leid Edda, ich war in Gedanken."

„Kein Problem, ich frag mal schnell, wo wir hin müssen. Du kannst ja schon zu den Aufzügen."

Wie gut, das Edda dabei war, Nadine wäre jetzt einfach ziellos mit dem Fahrstuhl hoch gefahren.

Edda führte Nadine in den Fahrstuhl und fuhr mit ihr hoch.
Auf dem Gang kam ihnen ein Arzt entgegen.

„Entschuldigung, ich suche Thomas Wolf. Ich wurde angerufen, dass er hier liegt."

„Sind Sie Frau Wolf?."

Nadine nickte kurz und sah in die nichts sagenden Augen des Arztes.

„Frau Wolf, Ihr Mann wurde mit hohem Tempo angefahren. Er schwebt in akuter Lebensgefahr, im Moment können wir noch gar nichts sagen. Er ist gerade erst aus dem OP raus gekommen, wir müssen die nächsten Tage abwarten, wie es sich entwickelt."

„Kann ich ihn sehen?", fragte Nadine knapp. Es kam ihr alles so unwirklich vor, wie in einem Traum.

Der Arzt nickte: „Aber er sieht nicht gut aus, machen Sie sich darauf gefasst, dass er anders aussieht und an Geräten hängt."

Nadine öffnete vorsichtig die Tür, sie versuchte durch den kleinen Spalt zu schauen. Ihre Angst, ihren eigenen Mann nicht wieder zu erkennen, war unendlich groß. Mit langsamen Schritten schlich sie zu seinem Bett, als wolle sie ihn nicht wecken.
Edda telefonierte mit Clara und berichtete ihr von Thomas` zustand.

„Thomas, wer hat dir das nur angetan? Bitte, bitte werde wieder gesund. Ich liebe dich. Du musst es schaffen."

Ihre Stimme wurde von heftigen Schluchzen unterbrochen. Sie konnte nicht anders als weinen, der Anblick ihres Mannes, so hilflos und verletzlich.

„Ich habe Clara angerufen und ihr gesagt wie es aussieht."

„Danke."

„Brauchst du irgendwas, Liebes? Soll ich dir einen Kaffee holen oder so?"

„Kaffee wäre toll. Danke, dass du für mich da bist, Edda. Ich weiß das echt zu schätzen."

„Kein Problem. Dafür sind wir doch Freunde."

Während Edda den Kaffee holte, ging die Tür zum Zimmer langsam auf.

„Hallo Frau Wolf."

„Hallo Herr Lehmann, hey Steffi."

Steffi nickte ihr mitleidig zu, eigentlich sollte sie professionell sein und es nicht an sich heran lassen, aber Nadines Schicksal nahm sie einfach mit.

„Wissen Sie schon was passiert ist, Herr Lehmann?"

„Augenzeugen haben gesagt, dass er bei der Druckerei über die Straße wollte und ein schwarzer SUV voll Gas gegeben hat und ihren Mann leider voll erwischte."

„Das war Absicht? Aber warum? Und wer würde das machen?"

„Genau deswegen sind wir hier Nadine, wir vermuten, dass es der Stalker war. Nachdem er dir ja schon in den Urlaub gefolgt ist und dich fotografiert hat, kann es sein, dass er auch dafür verantwortlich ist."

Steffi konnte Nadine kaum ansehen, doch das bemerkte Nadine eh nicht, sie war zu sehr auf Thomas konzentriert.

„Wer macht denn nur so was?", fragte Nadine

„Das versuchen wir herauszufinden", entgegnete Steffi

„Gibt es denn gar keine Anhaltspunkte? Das Kennzeichen? Der Fahrer?"

„Die Kennzeichen waren geklaut und den Fahrer hat niemand gesehen", antwortete Kommissar Lehmann.

„Überleg mal ob jemand in deinem Umfeld merkwürdig ist, sich dir gegenüber komisch verhält oder aufdringlich ist." Steffi sah sie durchdringend an.

„Jemanden, der Frauen und Hunde tötet, mir Angst macht und meinen Mann überfährt? Es ist für mich nur schwer vorstellbar, dass ich solche Leute kennen könnte."

„Hier Nadine, dein Kaffee. Oh tut mir leid, ich wusste nicht, dass die Polizei hier ist."

„Kein Problem Edda, das sind Kommissar Lehmann und Steffi, sie war mit mir in der Hundeschule."

„Hallo. Dann stell ich deinen Kaffee hier her und lass euch mal in Ruhe."

„Danke, wir sind schon fertig. Auf Wiedersehen Frau Wolf."

„Mach`s gut Nadine."

Als die beiden draußen waren, wurde Edda neugierig.

„Was wollten sie denn? Wissen sie schon, wer Thomas

überfahren hat? Also wenn das ein Film wäre und Thomas nicht dein Mann, würde ich das mit dem Stalker ja fast spannend finden."

„Soll ich dir mal was verraten, Edda? Ich habe es am Anfang auch spannend gefunden, dass Muffin die Leiche ausgegraben hatte, wer wohl der Geheimnisvolle Unbekannte ist, der ein Auge auf mich geworfen hatte. Und irgendwie hab ich mich auch geschmeichelt gefühlt, dass sich jemand in mich verliebt. Eigentlich habe ich diesen Stalker auch nicht ernst genommen. Aber wenn ich Thomas jetzt dort liegen sehe, denke ich, dass ich es alles unterschätzt habe.
Alleine als er Muffin tötete ... was für ein kranker Mensch tötet einen Hund?"

„Aber vielleicht ist er ja für dich wirklich harmlos und macht das nur aus Liebe zu dir. Ist doch eigentlich ein Kompliment, dass dich jemand so sehr will."

„Ich hab Angst Edda, jeden Tag habe ich Angst. Bei jedem Handy klingeln zucke ich zusammen, wenn ich die Briefe sehe, bekomme ich Gänsehaut, und bei jedem Anruf zuhause läuft es mir eiskalt den Rücken herunter. Ich weine mich fast jeden Abend in den Schlaf, weil ich nicht mehr kann, meine Nerven machen das nicht mehr mit, ich bin Wrack. Und jetzt liegt Thomas auch noch wegen mir hier und keiner weiß, ob er es überlebt. Na toll, und jetzt heul ich auch noch."

„Hier hast du ein Taschentuch. Ich wusste nicht, dass es dich so belastet."

„Er ist ein Mörder. Er hat Frauen getötet. Er hat Muffin getötet. Und was ist, wenn er mich tötet?"

„Hey, das wird er schon nicht. Wenn er das gewollt hätte, hätte er es doch schon gemacht."

„Danke, soll mich das jetzt aufmuntern? Außerdem, hast du vergessen, dass er mich angefahren hat? Und jetzt Thomas angefahren hat?"

„Nee hab ich nicht. Ich lass dich dann mal alleine, ich glaube du brauchst mal ein bisschen Zeit für dich."

„Danke, dass du mich gefahren hast."

„Klar, kein Problem." Edda gab ihrer Freundin einen flüchtigen Kuss auf die Stirn. „Mach´s gut und Kopf hoch. Thomas ist zäh."

Nadine nickte und winkte Edda zum Abschied.

Das Handy klingelte, eine neue WhatsApp-Nachricht.
Wieder eine Nummer, die Nadine nicht kannte.
Ihre Hände zitterten und sie überlegte lange, ob sie die Nachricht öffnen sollte.
In der Vorschau sah sie nur Hallo Nadine …
Das könnte der Stalker sein, oder die Stalkerin.
Was hatte sie zu verlieren? Hier im Krankenhaus waren so viele Leute und es war nur eine Nachricht.

Hallo Nadine,
das ist meine neue Nummer. Wie geht es dir? Was macht Thomas? Gibt's schon was neues?
LG Clara

Ach Clara, diese Frau macht mich noch fertig. Warum hat sie nichts gesagt, als wir uns heute früh getroffen haben?
Dass sie eine neue Nummer hat, weiß sie doch sicher

nicht erst seit gerade eben. Wenn die wüsste, dass ich hier fast einen Herzinfarkt bekommen habe.

Clara, es ist alles unverändert. Ich hoffe es wird.

Wird schon Süße, ich ruh mich aus, der Zwerg ärgert mich ;)schreib wenn du was brauchst.

Alles klar, bis dann.

Mit langsamen Schritten ging Nadine den langen Gang des Krankenhauses entlang bis zum Aufzug.
Sie wollte nicht gehen, Thomas nicht verlassen, aber sie hatte weder eine Zahnbürste dabei, noch irgendwas zum Schlafen, und was würde es bringen, im Krankenhaus zu bleiben und dann nicht fit zu sein, wenn ihr Mann sie brauchen würde.
Nadine war froh, dass sie noch ein Taxi bekam welches sie nach Hause brachte.

Als sie die Tür öffnete, sah Nadine in das leere Wohnzimmer. Es war so ungewohnt ohne Thomas. Natürlich war sie abends schon öfter alleine gewesen, allerdings wusste sie dann, dass ihr Mann irgendwann wieder zur Tür herein kommen würde. Heute nicht, heute würde niemand mehr kommen. In der Küche machte sie sich ein Brot, wie in Trance schmierte sie die Butter darauf und wickelte ihren Käse aus dem rosa gestreiften Wildwax-Tuch.
Auch wenn sie seit dem Frühstück nichts gegessen hatte, blieb der Appetit irgendwie aus und Nadine zwängte sich ihr Käsebrot rein.

Am Morgen führte ihr erster Weg Nadine ins Krankenhaus.
Sie war froh, dass Schweinfurt nicht all zu weit weg war.

Diese Fahrerei machte sie noch wahnsinnig.
Doch auch an diesem Tag war sein Zustand unverändert,
das ging Tage so weiter. Immer das gleiche, am Morgen
ins Krankenhaus und am Abend wieder nach Hause.
Seit einer Woche hatte sie nichts als das Krankenhaus
gesehen und es war noch immer keine Besserung in
Sicht. Der Arzt hatte gesagt, dass die nächsten Tage
entscheidend waren.
Waren das jetzt schon die nächsten Tage?
Wie sollte es weiter gehen?

„Frau Wolf, wir wollten sie gerade anrufen. Der Zustand
ihres Mannes hat sich rapide verschlechtert.
Sie sollten nochmal zu ihm gehen, ich sage Frau Dr.
Schreiber, dass sie da sind."
Die Stimme der Krankenschwester sagte eigentlich
schon alles. Nadine hörte ihr Mitgefühl, dieses
unterschwellige Trösten.

Thomas sah schlecht aus, wie er da an all den
Maschinen hing. Er schien mehr tot als lebendig und
auch Nadine hatte nicht mehr das Gefühl ihren Mann
anzusehen.

„Frau Wolf, es tut mir sehr leid, wir konnten nichts mehr
für ihren Mann tun. Er hatte starke Hirnblutungen und
im Moment halten ihn nur noch die Maschinen am
Leben. Es tut mir leid, dass ich Ihnen diese Frage stellen
muss, aber war Ihr Mann Organspender? Haben Sie je
mit ihm darüber gesprochen?"

„Er wollte, dass all seine Organe gespendet werden und
dann wollte er verbrannt werden."
Die Stimme, die der Ärztin antwortete, klang für Nadine
völlig fremd, als würde sie nicht zu ihr gehören.

Die Worte von Frau Dr. Schreiber bekam sie schon nicht mehr mit. Auch weinen konnte sie nicht.
In ihr war nur Leere, eine elendige Leere.
Keine Gefühle, keine Trauer, keine Wut, nur ein großes Nichts.
Thomas sah so friedlich aus, als würde er schlafen.
Als wäre alles ein Traum setzte sie sich neben sein Bett und nahm Abschied.

Ich liebe dich, mein Schatz. Es tut mir unendlich leid, dass ich dir nie Kinder geschenkt habe, ich weiß doch, dass du dir nichts sehnlicher gewünscht hättest.
Du bedeutest mir alles und ich werde wohl nie mehr jemanden wie dich finden.
Was würde ich geben, um noch einmal deine Stimme zu hören, dich noch einmal zu lieben und mit dir zu streiten.
Ich liebe dich.

Nach einem sanften Kuss auf seine Stirn ging Nadine aus dem Zimmer und benachrichtigte ihre Schwiegereltern.
Obwohl sie ihre Schwiegereltern liebte und sie alle ein gutes Verhältnis hatten, war Nadine die letzten Tage immer bemüht, ihnen nicht über den Weg zu laufen.
Sie war traurig genug, da brauchte sie nicht noch die Trauer von Thomas` Eltern.
Sie selber fand ihr Verhalten egoistisch und falsch, aber das hätte sie nicht verkraftet.
Nadine informierte die Ärzte und Schwestern, dass seine Eltern noch kommen und sich verabschieden wollten.
Danach verließ sie das Krankenhaus.

Zuhause im kleinen Safe im Kleiderschrank lagen Thomas letzte Unterlagen.
- Für den Notfall- stand mit seiner krickeligen Handschrift auf dem Umschlag geschrieben.

Meine liebe Nadine,
wenn du diesen Brief liest, schwebe ich entweder in
Lebensgefahr, bin gestorben oder du lässt dich von mir
scheiden und verbrennst gerade meine Sachen.
Ich hoffe, dass ich tot bin, ein Leben ohne dich möchte
ich mir nicht einmal ansatzweise vorstellen.

Ein Grinsen flog über ihr Gesicht und einen ganz kurzen
Augenblick sah man Freude in ihren Augen. Selbst nach
seinem Tod schaffte er es, seine Frau, nein seine
Witwe, zum Lachen zu bringen.

Um es dir leichter zu machen, habe ich meine
Beerdigung schon geplant.
Meinen Grabstein möchte ich vom alten Schmidt haben,
einen schwarzen Granit mit goldener Schrift, nichts
geschwungenes, etwas ganz Einfaches und Schlichtes.
Aber natürlich edel und schick. Im Umschlag findest du
auch ein Foto von dem Stein, so wie ich ihn mir
vorstelle. Und bitte schreibe keinen schmalzigen Spruch
auf den Stein.
Nur meinen Namen, Geburtsdatum und Sterbedatum.
Wichtig ist mir, dass ich verbrannt werde und eine
Holzurne bekomme, aus Palisander oder Walnuss.
Die haben mir so gut gefallen.
Wenn die Urne ins Grab gelassen wird, soll bitte Andres
Gabalier – , Amoi seg ma uns wieder` spielen.
Ich weiß jetzt schon, dass du mit den Augen rollen wirst.

Wie gut Thomas seine Frau kannte, wie bei einem Reflex
rollte sie mit den Augen, sobald sie nur Andreas Gabalier
las.
Es würde nie ihre Lieblingsmusik werden, aber wenn das
sein Wunsch war, würde Nadine ihm den
selbstverständlich erfüllen.

In dem kleinen Umschlag findest du alle Kontodaten, einen Fond, den ich für dich eingerichtet habe und alles was du an Daten brauchst, wenn ich nicht mehr bin.
Ich liebe dich Nadine, vergiss das bitte nie.
Du bist die Liebe meines Lebens.
Bleib stark und Kopf hoch.

In ewiger Liebe
Thomas

Nadine hatte Mühe, dass ihre Tränen den Brief nicht gänzlich unleserlich machten.
Es war so typisch für Thomas, er hatte ja wirklich alles geplant.
Er konnte nicht mal den Tod einfach auf sich zu kommen lassen.
Sie packte alles wieder zusammen, um am Montag gleich zum Bestatter gehen zu können.

„Wer ruft denn jetzt an?", schimpfte Nadine so vor sich hin.
„Hallo Maria", begrüßte sie ihre Schwiegermutter. „Es tut mir so leid für euch."

„Uns tut es auch sehr leid für dich Liebes. Wir müssen uns unbedingt sehen. Der Arzt hat gesagt, du spendest seine Organe? Das kannst du doch nicht machen."
So schluchzend und weinend und trotzdem vorwurfsvoll konnte nur seine Mutter sein.

„Er wollte es so. Er hat einen Organspende-Ausweis und hat eine Liste geschrieben für seine Beerdigung."

„Wir sollten uns sehen, Liebes. Kommst du auf einen Kaffee zu uns? So in einer Stunde?"

Nadine sah auf die Uhr: 14.45 Uhr. „Ja, ich komme vorbei. Bis dann."

Ohne eine Antwort von ihrer Schwiegermutter abzuwarten, legte sie auf und kämpfte mit ihren Tränen. Das fing ja schon gut an. Thomas war noch nicht mal kalt und seine Eltern wollten jetzt schon diskutieren.

„Hallo Nadine, komm rein." Ihr Schwiegervater empfing sie herzlich und umarmte sie.
Auch ihre Schwiegermutter umarmte sie und ließ ihren Tränen freien Lauf.

„Nadine, es tut mir leid das ich dich am Telefon so überrumpelt habe. Ich wusste nicht, dass er es selber wollte. Der Arzt hat mir den Ausweis gezeigt, den du ihm gegeben hast. Nadine, wenn wir dir irgendwie helfen können, dann sag es bitte."

„Er hat eine Liste gemacht, welchen Grabstein er möchte und welche Urne. Sogar das Lied hatte er schon ausgesucht. Ich lass es euch hier, dann könnt ihr es euch anschauen. Es tut mir leid, aber ich muss los."

„Möchtest du nicht noch was trinken? Bleib doch ruhig."

„Lass sie gehen, Maria", warf Thomas` Vater ein.

Nadine verließ das Haus und kämpfte mal wieder mit ihren Tränen.
Auf dem Heimweg hielt sie spontan bei Clara an.

Völlig verheult und mit laufender Nase stand Nadine vor ihrer Freundin: „Hast du einen Kaffee für mich?"

„Komm rein Süße", antwortete Clara, während sie sich

einen lässigen Knoten in ihr Haar machte.

„Er ist heute früh gestorben." Mehr brachte Nadine nicht raus.

„Ach Gott, das tut mir so leid. Ach Scheiße. Sag, wenn ich irgendwas für dich tun kann."

„Nur einen Kaffee. Ich brauche einfach einen Kaffee, sonst dreh ich noch durch."

„Na klar, schau mal, ich habe gerade einen frischen Kaffee aufgesetzt, der ist sicher gleich durchgelaufen."

„War der für Stephan? Hab ich ihn geweckt?"

„Hey, es ist 16.30 Uhr, du hast ihn doch nicht geweckt. Er muss gleich los auf die Arbeit. Er ist heute Türsteher bei Mario Barth, der ist in Bamberg. Das heißt wir haben genug Zeit zum Quatschen."

„Achja, so spät schon. Weißt du, was Thomas gemacht hat? Er hat mir einen Brief hinterlassen, wie sein Grabstein und seine Urne aussehen sollen. Und sogar welches Lied gespielt werden soll, wenn die Urne ... " Nadine musste lachen und weinen zugleich, ihre Gefühle hatten sie völlig übermannt.

„Tut mir leid, dass ich jetzt lachen muss, aber das ist so typisch Thomas. Auf so eine Idee kann nur er kommen."

„Wir haben uns Briefe geschrieben, für den Fall, dass einem was passiert."

„Und was steht in deinem Brief? Hey Schatz, in der Kühltruhe ist sicher noch was zu essen, halt die Ohren steif?"

Sie mussten alle beide herzhaft lachen und Nadine nickte.

„Na ja zumindest so ähnlich. Dass ich ihn liebe, dass ich leider kein geheimes Konto im Ausland für ihn habe und er sich wieder eine Frau suchen soll, bevor er einsam verhungert."

„Dein Ernst? Das ist so typisch für dich. Dass ihr zwei überhaupt zusammen gefunden habt ist Wahnsinn, so verschieden wie ihr seid."

„Servus Nadine. Ich geh los Schatz. Tschüss, meine kleine Prinzessin und nicht die Mama ärgern."
Stephan schaute Nadine kurz mitleidig an, streichelte ihr die Schulter und ging los zur Arbeit.

„Prinzessin? Wisst ihr doch, was es wird?"

Clara verdrehte genervt die Augen. „Er wünscht sich ein Mädchen und hat von Anfang an Prinzessin gesagt, er meint, dann kann es nur ein Mädchen werden."

„Na dann drück ich ihm mal die Daumen."

„Ich glaub ich lach mich kaputt, wenn es echt ein Mädchen wird. Aber jetzt sag mal, wissen Thomas` Eltern schon Bescheid?"

„Ja, von denen komme ich gerade. Sein Vater wirkt recht gefasst, aber seine Mutter ist nur am Heulen und dreht total am Rad. Ich habe ihnen jetzt den Brief von Thomas dagelassen. Sie sollen selber sehen, dass es sein eigener Wunsch war.

Nächste Woche gehen wir dann zum Bestatter. Aber wie geht es Stephan? Die beiden waren ja unzertrennlich."

„Dass er gestorben ist, sage ich ihm nachher, wenn er Heim kommt. Er war total fertig als er von Thomas` Unfall gehört hat, aber er meinte, dass die Arbeit ihn ablenkt."

„Tut mir leid Clara, ich kann einfach nicht aufhören zu heulen."

„Hier, ich habe genug Taschentücher für uns beide."

„Ich dachte immer, dass ich mit dreißig verheiratet bin, vielleicht mal über Kinder nachdenke, oder auch nicht, dass ich ein Haus habe und mit meinem Mann und einem Hund glücklich im Garten sitze und wir Grillabende veranstalten.
Jetzt bin ich im Anfang dreißig, bin Witwe, habe meine Kinder verloren und habe einen Stalker. Ganz großartig."

Clara war bemüht, Nadine abzulenken, doch die Trauer übermannte die Frauen immer wieder.

„Clara, sei mir nicht böse, aber ich möchte jetzt ein bisschen alleine sein. Ich fahr heim."

„Na klar, das kann ich verstehe. Wenn noch irgendwas ist oder du was brauchst, dann melde dich."

„Mache ich. Danke für den Kaffee"

Nadine fuhr nach Hause und wollte sich ein wenig ausruhen. Sie weinte, als sie das große Bett sah mit der leeren Seite, auf der Thomas immer gelegen hatte.

Wieder kam eine neue WhatsApp-Nachricht.

Weine nicht, du Schöne. Du wirst über ihn hinweg kommen und irgendwann werden wir vereint sein. Ich liebe Dich.

Nadine blockierte die Nummer und legte ihr Handy weg. Sie war nicht in der Lage, die Polizei zu rufen oder irgendwen anders.
Sie fühlte sich wie gelähmt, mit letzter Kraft schloss sie alle Türen und Fenster und legte sich auf die Couch. In dem Bett konnte sie nicht ohne Thomas schlafen."

Die Tage bis zum Termin beim Bestatter gingen nur schleppend vorüber. Es fühlte sich alles so unwirklich an, so falsch.

Das Gespräch beim Bestatter lief sehr harmonisch ab. Thomas bekam die Urne, die er wollte, seine Eltern waren mit allem einverstanden und der Bestatter war sehr freundlich und bemüht.
Trotzdem ließ Nadine dieses beklemmende Gefühl nicht los, dass er immer noch lebte.
Dieses Gefühl, dass alles gar nicht wirklich geschehen war und sie ihn gleich in den Arm nehmen könnte.

„Liebes, du bist so still. Geht es dir nicht gut?"

„Maria, mir geht es ... na ja, so gut es eben geht. Ich möchte einfach nicht reden. Ich vermisse ihn zu sehr."

„Wir doch auch, Liebes, wir doch auch. Wir telefonieren nochmal wegen der Beerdigung und so. Und die Traueranzeige geben wir in Auftrag."

Nadine nickte und verabschiedete sich von ihren

Schwiegereltern.

Niemals hätte sie sich vorstellen können eine Urne, ein Grab oder sonstiges auszusuchen.

Na ja, vielleicht irgendwann einmal, so mit siebzig oder achtzig vielleicht.

Aber mit dreißig? Das war vor einer Woche noch unvorstellbar. Jetzt war es plötzlich alles real.

Zuhause ging Nadine ins Schlafzimmer, sie öffnete den Kleiderschrank ihres Mannes.

Eigentlich wollte sie ihn ausräumen, aber ihre Hände konnten die schweren Türen des dunklen Palisander-holz-Schrankes nicht loslassen.

Ihr Blick schweifte durch den Kleiderschrank.

Sie wusste genau, was Thomas gerne trug. Sie sah das rot karierte Hemd, welches er an hatte, als sie Muffin vom Züchter holten, die Krawatte die er trug, als er ihr den Heiratsantrag machte und die furchtbare Hose, die er immer an hatte, wenn er im Haus etwas renovieren musste.

Unweigerlich fing sie an zu weinen, ihr wurde bewusst, dass sie ihn nie wieder in dieser schrecklichen Hose sehen würde. Nadine schloss den Kleiderschrank und ging runter auf die Couch.

Ihre Tränen trockneten, doch die Einsamkeit blieb.

Am Tag der Beerdigung war Nadine wie weggetreten, alles kam ihr so surreal vor.

Es war, als würde sie alles durch einen weißen Schleier sehen. Die Worte des Pfarrers kamen bei ihr nicht an, sie wusste, dass Andreas Gabalier gespielt wurde, doch sie verstand den Text nicht.

Selbst beim Leichenschmaus konnte sie nur teilnahmslos dabei sitzen.

Die Beileidsbekundungen der Anwesenden flogen aus ihrem Kopf, als hätte nie jemand etwas gesagt.

Es war eine Schutzfunktion, dieser Tag hätte sie psychisch sonst an den Rand des Wahnsinns getrieben.

Als fast alle gegangen waren, kamen Edda und Clara zu ihrer Freundin.

„Du solltest nach Hause fahren und dich hinlegen, Nadine", sagte Clara mit besorgter Stimme.

„Clara hat recht, soll ich dich nach Hause fahren?" Edda klang nicht weniger besorgt als Clara.

„Danke euch, aber ich fahre selber. Ich muss ein bisschen den Kopf frei bekommen."

Clara und Edda war nicht wohl bei dem Gedanken, doch sie konnten Nadine verstehen.
Würden sie jetzt auf ihre Freundin einreden, würde sie nur dicht machen und keinen mehr an sich ran lassen.

„Melde dich, wenn du was brauchst", sagte Edda.
Clara nickte zustimmend und sie verabschiedeten sich.

Nadine setzte sich in ihr Auto, nach Hause wollte sie nicht. Aber wo sollte sie sonst hin?
Nach einer gefühlten Ewigkeit wurde ihr kalt und sie startete den Wagen.
Sie fuhr völlig ziellos durch die Gegend, bis eine innere Stimme sie auf die Autobahn lotste.
Nadine fuhr an Bamberg vorbei immer weiter, bis sie tanken musste.
Zu der Zeit war sie schon fast in Leipzig, doch sie hatte das Gefühl noch weiter zu müssen.

Nach Stunden ohne eine Pause war sie da.
Sie wusste nicht wo DA war, aber sie wusste, dass sie am

Ziel angekommen war.

Es war schon Mitternacht und um sie herum war alles dunkel. Ihr Auto parkte sie direkt am Hafen und lief weiter zum Strand. Es war unheimlich dunkel, die Sterne leuchteten hell am schwarzen Nachthimmel und das Meer rauschte sanft. Jetzt konnte sie nichts mehr halten, ihre Tränen flossen wie ein Bach ihre Wangen herunter, sie war so voller Wut.

Warum hatte Thomas sie verlassen? Warum war er nicht bei ihr geblieben? Und warum hatte dieser scheiß Stalker ihren Mann überfahren? Sie war sauer, sauer auf die ganze Welt und auf sich selbst. Wie konnte sie nur Ernsthaft denken das Thomas etwas mit den Morden und dem Stalking zu tun hatte? Ihr liebevoller Mann als DER Rosenkiller, es war einfach lächerlich und sie hasste sich für diese Gedanken die sie hatte. Nadine fehlte die Kraft weiter zu stehen und aufs Meer zu schauen. Sie setzte sich in den Sand und beobachtete die kleinen Wellen, die an den Strand kamen. Langsam wurde sie müde und war trotz dickem Mantel und Wollsocken halb erfroren. Im Auto machte sie die Standheizung an und schlief ein.

Als es langsam Anfing wieder hell zu werden sah sie auf ihr Handy. 8.00 Uhr, 10 WhatsApp-Nachrichten und 5 Anrufe. Doch sie wollte von nichts und niemandem etwas hören. Ihr Frühstück holte sie einfach beim nächsten Bäcker.

Es tat so gut, diese Stille, Zeit für sich. Niemand, der sie nerven würde.

Hier wusste keiner was passiert war und alle behandelten sie völlig normal, keine mitleidigen Blicke oder

irgendwelche Beileidsbekundungen.

Kein Stalker, kein toter Ehemann und auch keine weinenden Schwiegereltern.

Es gab nur sie und das Meer.

Zu dieser Jahreszeit war es am Wasser nahezu
Menschen leer.
Sie wusste nun auch endlich wo sie war, an der Ostsee,
in Bad Doberan.
Die Luft war klar, am Himmel war keine Wolke und
Nadine genoss den langen, kalten Spaziergang am
Strand.
Es fühlte sich wie ein Befreiungsschlag an, endlich
konnte sie wieder durch atmen und musste sich um
nichts Gedanken machen.
Nadine kostete jeden Moment aus, egal ob es beim
Mittag essen am Hafen oder beim Abendessen in dem
süßen kleinen Hotel war.
Am nächsten Morgen beschloss sie ihr Handy an zu
machen, um zu sehen, wer denn nun etwas von ihr
wollte.
Mittlerweile waren es 43 Anrufe in Abwesenheit und
unzählige WhatsApp-Nachrichten.

Die meisten Anrufe waren von Clara und Edda, genauso
wie fast alle WhatsApp-Nachrichten.
Einige waren von ihrer Schwiegermutter, aber keine kam
von dem Stalker.
Das alleine ließ Nadine schon aufatmen.

Die drei Freundinnen hatten eine WhatsApp-Gruppe, die
war völlig voll gespamt mit Nachrichten, die für Nadine
bestimmt waren.

Nadine, ist alles in Ordnung bei dir?
Warum antwortest du nicht Nadine?
Was ist los bei dir Nadine?
Nadine, wir machen uns Sorgen.

Und so weiter.
Die Nachrichten, die Nadine privat von ihren Mädels
bekam, waren nicht anders. Alle machten sich Sorgen.

Hi Mädels, ich bin weg gefahren, musste mal den Kopf
frei bekommen. Macht euch keine Sorgen, war Nadines
Antwort auf die ganzen Nachrichten.
Ihre Schwiegermutter wollte sich nur erkundigen wie es
ihr geht, da hatte die Antwort noch Zeit.
Erst einmal würde Nadine das kleine Spa in dem Hotel
aufsuchen.
Ein Whirlpool wäre jetzt genau das richtige.
Aber sie hatte ja gar keine Badesachen dabei, eigentlich
hatte sie gar nichts dabei.
Seit zwei Tagen lief sie jetzt in den gleichen Sachen
herum. Das musste sie ändern, nur wie?
Es hatte bereits alles geschlossen.
Sie beschloss, sich morgen darum zu kümmern, jetzt
hätte sie eh nichts ändern können.
Also machte sie es sich auf dem Bett gemütlich und sah
ein wenig fern.
Bis sie am nächsten Morgen von einer Stimme geweckt
wurde. Es war ein Mann im Fernsehen, irgendeine blöde
Sendung, die sie noch nie gesehen hatte und auch nie
sehen wollte.
Nadine machte den Fernseher aus und streckte sich
genüsslich.
12.28 Uhr stand auf dem kleinen Radiowecker auf dem
Nachttisch.
Wahnsinn, so lange hatte sie das letzte Mal als Teenie
geschlafen.
Aber es tat gut, unglaublich gut sogar.
Nadine schaute sich ein paar Geschäfte an, es fehlte ihr
ja schließlich an allem.
In dem ersten Geschäft kaufte sie einen
Pack Unterhosen und Socken.

In einem anderen einen süßen Pullover in Blau mit weißen Ankern drauf und einem XXL-Kuschelkragen. Die Jeans fand sie in einer kleinen Boutique, nicht weit vom Strand entfernt.

Im Hotel duschte sie erst mal lang und ausgiebig. Nach fast drei Tagen ohne duschen, war es ein Genuss, das heiße Wasser auf ihrer weichen Haut zu spüren. Nadine band ihre Haare zu einem lockeren Knoten und zog ihre neuen Sachen an. Schon lange hatte sie sich nicht mehr so wohl gefühlt. Alles um sie herum war so friedlich, Nadine konnte von ihrem Fenster aus das Meer sehen und die Wellen rauschen hören. Lange hörte sie die Wellen allerdings nicht, es war viel zu kalt, um das Fenster länger zu öffnen, trotzdem ging Nadine noch einmal an den Strand. Wenn Thomas das jetzt sehen könnte. Er würde es genauso lieben wie ich. Wahrscheinlich würde er hier erfrieren, meine alte Frostbeule. Es war das erste Mal, dass Nadine an Thomas dachte, ohne zu weinen. Und als wenn es ein Zeichen von ihm war, fand sie in einem kleinen Laden einen silbernen Sternen-Anhänger, etwas größer als die beiden, die sie von Thomas zu Weihnachten bekam. Sie kaufte Anhänger und fädelte ihn auf die Kette. „Jetzt kann der Papa sich um euch kümmern", flüsterte sie und küsste die drei Sterne an ihrer Kette. Natürlich würde es noch lange dauern, bis sie über seinen Tod hinweg kommen würde, falls das überhaupt jemals der Fall sein würde, aber sie spürte, dass es leichter werden würde. Nach drei Tagen Ostsee und unzähligen Shopping-touren, weil sie immer noch nichts weiter zum Wechseln dabei hatte, machte sie sich auf den Weg nach Hause.

Edda und Clara hatten noch unzählige Male in die Gruppe geschrieben, dass Nadine sich melden sollte, falls was wäre und ob sie irgendwas tun könnten etc. Doch die Ruhe und der Abstand waren das einzige, was sie brauchte.

Wieder zuhause ging Nadine als erstes an Thomas´ Kleiderschrank. Sie nahm alles heraus und legte es, so ordentlich es ging, in blaue Säcke.

Morgen würde sie es nach Haßfurt zum roten Kreuz bringen.

Thomas hätte es gefallen, dass noch jemand was mit seinen Sachen anfangen kann und jemand sich über die Klamotten freut.

Sie wusste noch immer nicht, was sie ohne Thomas machen sollte, doch das erste Mal hatte Nadine das Gefühl, dass sie es schaffen könnte.

Sie könnte alleine leben, sie könnte irgendwann an Thomas` Grab gehen, ohne zu weinen, sie würde irgendwann mal wieder glücklich werden. Und das Wichtigste: Sie würde es ihrem Stalker zeigen.

Sie wollte nicht mehr in Angst leben, sondern ihr Leben wieder zurück haben und einfach ihr Leben leben.

Kapitel 12

Es war auch die erste Nacht, in der Nadine seit langem
mal nicht wach lag und grübelte, sondern einfach
schlief.
Sie träumte von der Ostsee, von den Schiffen, die sie sah
und vom Strand in der klirrenden Kälte.
In der Nacht klingelte ihr Handy.
Es war 3.47 Uhr, Nadine dachte sie sieht nicht richtig, als
sie auf die Uhr blickte.
Doch es stimmte, es war tatsächlich 3.47 Uhr am
Morgen. Draußen war es stockfinster, mit zusammenge-
kniffenen Augen sah sie auf ihr Handy.
Sie öffnete die WatsApp-Nachricht, sie war von Clara.

Hallo, ich bin Julia. Heute Nacht um 1.55 Uhr habe ich
das Licht der Welt erblickt. Ich bin 51 cm groß und wiege
schon 3425 Gramm. Mama und Papa sind müde, aber
superstolz.

Nadine konnte ihre Augen kaum von dem Bild lassen.
Die kleine Julia war so unfassbar süß wie, sie mit ihrer
kleinen Schnute und den winzigen Fingern da lag.

Herzlichen Glückwunsch Clara und Stephan, eure
Tochter ist wunderschön. Ich komme euch morgen mal
besuchen, wenn es okay ist.

Nadine bekam eine typische Clara Antwort,
ein Selfie mit raus gestreckter Zunge und den Worten:
Wenn du meinen Anblick ertragen kannst, dann komm
morgen gerne vorbei. Am besten früh, dann haben wir
ein wenig Ruhe zum Quatschen, bevor die Familie
kommt.

Alles klar, bis morgen dann. Ich hoffe, ihr habt eine ruhige erste Nacht.

Am nächsten Morgen machte Nadine sich mit dem Geschenk auf den Weg nach Haßfurt ins Krankenhaus. Als sie die Treppe hochkam, wurde sie schon von einem Holzstorch begrüßt, den man mieten konnte, um die Geburt seines Kindes für alle offensichtlich zu verkünden.
Nadine klopfte zaghaft an die Zimmertür.

„Herein", erklang eine sanfte Stimme hinter der Tür.

„Hallo Clara. Wie geht es dir?"

„Ah Nadine, es ist so schön dich zu sehen. Spinnst du denn völlig? Einfach abhauen, keinem Bescheid sagen und dann noch nicht einmal schreiben, dass du wieder da bist."

„Ich brauchte Abstand", hauchte Nadine leise.

„Das kann ich doch verstehen. Wir haben uns nur Sorgen gemacht. Ich hatte echt Angst, dass der Stalker dich hat. Komm her, lass dich mal drücken. Ich bin froh, dass es dir gut geht."

„So, aber wo ist denn jetzt die Kleine? Deswegen bin ich doch hier."

„Und ich dachte du kommst wegen mir." Clara grinste. „Nee, im Ernst, Stephan ist sie gerade wickeln, er kommt sicher gleich wieder."

„Schau mal, ich hab euch was mitgebracht."

In dem Moment kam Stephan ins Zimmer.
Julia lag zufrieden in dem kleinen Bettchen und schien die Vibrationen vom Schieben zu genießen.
Sie lag in diesen typischen Babywagen-Betten, ein kleines Bettchen mit Rädern dran, das man bequem durch den Raum und die Gänge schieben konnte.

„Ach Gott ist sie klein. Wahnsinn, die ist ja winzig. So was süßes. Sie sieht aus wie eine kleine Puppe, wie sie da liegt mit ihren winzig kleinen Fingern. Oh süß, jetzt zieht sie eine Schnute."

„Ich seh schon, du bist ja ganz verliebt in die Kleine", sagte Stephan, der sich zu Clara aufs Bett setzte.

„Packen wir das Geschenk aus Schatz?"

Nadine bekam kaum mit, wie die beiden auspackten, sie war so entzückt von dem Baby, dass sie ihre Augen kaum woanders halten konnte.

„Oh mein Gott Nadine, wo hast du das denn aufgetrieben? Ein Kokadi Rock n Roll-Tragetuch. Die sind doch seit Jahren ausverkauft."

„Du hast es mal erwähnt, dass du es so gerne hättest. Also habe ich gesucht und zufällig in einer Facebook-Gruppe eins gefunden. Und da ich zum Babydecke stricken zu doof war, habe ich das Tragetuch über die Gruppe gekauft."

„Danke Nadine, du bist die Beste. Schau mal Schatz, sie hat auch an dich gedacht, hier sind Ohrenstöpsel."

Alle fingen herzlich an zu lachen, so laut, dass die kleine Julia aufwachte.

Nadine nahm sie vorsichtig hoch, es war ein wundervolles Gefühl, einen kleinen Menschen auf dem Arm zu
haben. Dieses winzige Bündel Leben.
Es war so klein, so zart und schon ein ganzer Mensch. Mit allen Fingern, Zehen, ein paar schwarzen Haaren und einem wundervollen kleinen Schmollmund.

„Ihr versteht euch ja echt gut. Dann kannst du ja öfter mit deinem Patenkind kuscheln."

„Was? Ich soll Patin werden?"

„Ja klar. Wer sonst sollte ihr all die wichtigen Dinge im Leben beibringen? Du kannst die besten Cocktails mixen, kannst später mit ihr Horrorfilme schauen und ihr Mathe erklären, wenn sie was nicht versteht."

„Na klar, Cocktails mixen ist natürlich elementar. Wahrscheinlich soll ich es ihr bis zum Sommer beibringen, damit sie dich bedienen kann, oder?"

„Absolut, du hast meinen Plan durchschaut."

„Äh, nimm mal dein Kind Clara, ich glaube sie weint gleich."

„Sie bekommt sicher Hunger", warf Stephan ein.

Clara nickte zustimmend.

Während sie die Kleine anlegte, erzählte Nadine alles von Bad Doberan und ihren Tagen an der Ostsee.

„Nadine, du gehst besser. Clara und Jule brauchen mal ruhe. Du warst jetzt echt schon lange da", unterbrach

Stephan das Gespräch der Frauen.

Auch wenn sie Stephan gerade ziemlich unhöflich fand.
Sie hatte schon öfter den Eindruck das Stephan sie nicht
so recht mochte, aber da er Thomas` Kumpel war, hatte
sie dieses Gefühl nie wirklich beachtet.
Als Nadine nach Hause fuhr musste sie unweigerlich an
ihr Patenkind denken.
Julia war so bezaubernd, dass Nadine vor Freude die
ganze Autofahrt grinsen musste.
So ein kleines zauberhaftes Wunder hätte sie auch bald
gehabt, sogar ein doppeltes. Es hätte nur noch wenige
Wochen gedauert, bis ihre Zwillinge geboren worden
wären.
Vielleicht wären es ja zwei Mädchen geworden, dann
hätte Jule zwei Spielkameraden gehabt.
Als Nadine ihre Haustür aufschloss und ins Wohnzimmer
ging, machte sich ein komisches Gefühl in ihr breit.
Irgendwas war merkwürdig. Sie konnte es nicht
einordnen, es war einfach nur ein Gefühl. Doch als sie
sich
genauer umsah, erkannte sie, dass jemand in ihrem
Haus war.
Die Bilder von Thomas und ihr waren alle umgedreht,
die, die an der Wand gehangen hatten, waren
abgehangen. Auf dem Tisch Wohnzimmertisch lag ein
Zettel.
Nadlne erkannte die grünen geschwungenen
Buchstaben sofort.

Endlich ist er weg.
Jetzt bist du frei Nadine, endlich können wir zusammen
sein.
Du brauchst nicht traurig sein, ich bin bei dir.
Wo auch immer du hin gehst, ich werde bei dir sein.

Ekel, entsetzen und Furcht stieg in Nadine auf.
Sie rief sofort die Polizei und erklärte ihnen alles, als sie da waren.

„Können Sie irgendwo hin? Zu einer Freundin vielleicht? Sie sollten hier wirklich nicht alleine sein", sagte der junge Polizist, den Nadine an diesem Tag das erste Mal sah.

„Ich rufe eine Freundin an, ich kann sicher zu ihr", antwortete Nadine mit zittriger Stimme.

Sie hatte so sehr gehofft, dass alles ein Ende gefunden hatte.
Doch langsam wurde ihr klar, dass es nie ein Ende gäbe, wenn man den Stalker nicht fassen würde.
Sie packte eine Tasche, während die Polizisten bei ihr waren und rief Edda an.
Diese stimmte natürlich sofort zu und nahm Nadine gern bei sich auf.

„Das wird wie in einer Mädels-WG. Wir können zusammen Filme schauen, Eis essen und kochen", versuchte sie Nadine aufzumuntern.

„Ich hasse diesen Stalker, merkt er denn nicht, dass er mein ganzes Leben versaut?"

„Ich glaube nicht, dass es seine Absicht war, dein Leben zu versauen."

„Und warum tut er es dann?"

„Vielleicht ist er einfach verliebt, so wie in den Filmen. Ach ich weiß doch auch nicht warum jemand so was macht."

„Das sind Filme, dieser Spinner ist real."

„Was erwartest du denn von mir, Nadine? Egal wann wir uns sehen, es geht nur um den Stalker. Ich kann auch nichts dafür, dass er dich ausgesucht hat."

„Es ist ja auch schlimm. Es bestimmt mein Leben, ich habe nichts anderes im Moment."

„So schlimm ist das jetzt auch wieder nicht", sagte Edda völlig unbedacht.

„Na dann weiß ich ja, was du von mir hältst, danke."

Nadine war so unfassbar wütend auf ihre Freundin. Sie konnte doch nicht ernsthaft denken, dass es alles nicht so schlimm ist.
Noch bevor Edda etwas sagen konnte, nahm Nadine ihre Jacke, schlüpfte in ihre Turnschuhe und ging.

„Jetzt bleib doch da Nadine. Nadine, bleib hier", rief Edda ihr hinterher. Doch Nadine hörte ihr nicht zu, sie lief weiter und weiter. Bis sie zuhause war.

Und obwohl sie sich dort nicht sicher fühlte, ging sie in ihr Haus. Nadine setzte sich ins dunkle Wohnzimmer und machte eine Kerze an.
Ihr war eiskalt und sie machte ein Feuer im Ofen an.
Sie wusste nicht, dass draußen vor dem Fenster ihr Stalker lauerte.
Er sah direkt ins Fenster rein.
Sah wie Nadine sich auf den Boden vor dem Ofen setzte und ihre Kuscheldecke über ihre Schultern zog.
Der Stalker war absolut unauffällig, ganz in Schwarz gekleidet fiel er an dem dunklen Winter Abend nicht auf.

Das Haus von Nadine lag ein wenig abgeschieden, die Nachbarn konnten den Garten von außen nicht einsehen, und so konnte er Nadine in aller Seelenruhe beobachten.

Clara nährte sich dem Haus von Nadine, natürlich ohne zu wissen, was geschehen würde.
Hätte sie gewusst, wie dieser Abend enden würde, hätte sie Stephan und Julia sicher nicht im Auto zurück gelassen.
Clara sah die Gestalt am Fenster von Nadines Haus.

„Hallo? Was machen sie da?", fragte sie.
Die schwarze Gestalt drehte sich erschrocken um.

Clara war völlig entsetzt, als sie die Person erkannte.

Die Gestalt nahm das Erstbeste, was sie finden konnte, einen großen Stein und schlug fest gegen Claras Schädel.
Ihre Beine sackten weg, warmes Blut lief ihren Kopf herunter, sie versuchte zu schreien, doch sie brachte keinen Ton heraus.
Ihre Augen folgten dem Weg der Gestalt, bis ihre Augen zugingen und geschlossen blieben.

Die schwarze Person rannte hinten aus dem Garten heraus, Richtung Felder und Wald, bis sie ganz verschwand.
Stephan wartete im Auto, bis Julia anfing zu motzen.
Er sah auf die Uhr, Clara war schon eine halbe Stunde bei Nadine, obwohl sie ja nur schnell den Schal abgeben wollte, den sie im Krankenhaus vergessen hatte.
Er war eh schon genervt das Nadine ihren Schal nicht selber abholte.
Stephan stieg aus dem Auto, gab Julia ihren Schnuller und ging in den Garten.

Als er ins Tor kam sah er nichts, es war finster.
Nach einigen Schritten ging der Bewegungsmelder an
und Stephan sah sie.
Clara, die auf der weißen Schneedecke in einer Blutlache
lag.

„CLARA", schrie Stephan so laut, das auch Nadine es
hörte und in den Garten kam.

„Was ist denn hier los?", fragte Nadine, dann sah sie
auch schon, was hier gerade schreckliches geschehen
war. „Oh Gott Clara! Was ist denn passiert, Stephan?"

„Ich weiß es nicht, sie wollte dir deinen Schal bringen,
den du im Krankenhaus vergessen hast."

„Was? Sie hat gar nicht bei mir geklingelt. Ich hole eine
Decke und rufe den Krankenwagen."

Stephan nickte und wischte sich eine Träne aus den
Augen.

Nadine deckte Clara zu und drückte ein paar Tücher aus
dem Verbandskasten auf Claras Wunde.

„Wo ist denn Julia?", versuchte Nadine Stephan ein
wenig abzulenken.

„Sie ist im Auto", antwortete er mit zittriger Stimme.

„Geh mal vor und schau nach ihr. Dann kannst du gleich
den Krankenwagen anhalten, wenn er kommt."

Wieder nickte Stephan nur, er war fast unfähig,
überhaupt was zu sagen.
Am Auto hörte er seine Tochter schon laut weinen.

Er nahm sie auf den Arm und streichelte ihre Wangen.
Seine Hände zitterten und er schaute bei jedem Auto, ob
es der Krankenwagen sein könnte.
Auf die Idee, dass der Krankenwagen sicher Blaulicht
und Sirene hätte, kam er erst, als er das Martinshorn
hörte und das blaue Licht sah.
Julia war selbst mit dem Schnuller kaum zu beruhigen.
Er winkte den Krankenwagen heran und zeigte ihnen
den Weg zu Clara.

„Wissen Sie, was passiert ist?", fragte der junge
Rettungssanitäter mit den wilden blonden Haaren.

„Nein, sie lag einfach da. Ich weiß gar nichts",
antwortete Nadine, während sie zur Seite ging, um den
Sanitätern Platz zu machen.

Julia weinte und fing an zu schreien.

„Sie hat sicher Hunger", sagte Stephan, während er
immer wieder versuchte, ihr den Schnuller zu geben.

Clara wurde ins Krankenhaus gebracht, während Nadine
von der Polizei befragt wurde.

Stephan hatte Glück, das Krankenhaus in Schweinfurt
hatte eine Kinderstation, die mit einer Flasche für Julia
aushelfen konnten.
Für ihn war es einer der schlimmsten Tage.
Seine Frau wurde untersucht und er wusste nichts.
Julia war gerade zwei Tage alt und schon musste sie auf
ihre Mutter verzichten.
Die Vorstellungen, die er hatte, waren vollkommen
anders. Eigentlich wollte er mit seinen Mädels auf der
Couch liegen, mit Clara um die Wette strahlen, die
kleine Maus schaukeln und den ganzen Tag kuscheln.

Nun saß er da in einem tristen Gang und gab seiner Tochter eine Flasche.

„Stephan, wir sind so schnell gekommen wie wir konnten. Ich habe Edda noch schnell abgeholt." Nadine war merklich nervös.

„Hallo Nadine, hallo Edda, danke dass ihr da seid. Ich weiß leider immer noch nichts Neues."

„Sind sie der Mann von Clara Bayer?"

„Ich bin ihr Verlobter."

„Der Arzt möchte mit Ihnen reden."

Stephan nickte und gab Nadine das Baby.

„Keine Sorge, Edda und ich passen auf Julia auf."

Es war, als wäre er Stunden bei dem Gespräch, doch als sie auf die Uhr schauten, waren gerade fünf Minuten vergangen.

„Ich hoffe, es geht Clara bald besser", unterbrach Edda die Stille.

„Das hoffe ich auch, die Kleine braucht doch ihre Mama."

Edda nickte bloß kurz und verfiel wieder in Gedanken.

Nach gefühlten endlosen zwanzig Minuten kam Stephan wieder. Seine Augen waren dick und aufgequollen. Er hatte offensichtlich geweint.

„Clara hat eine Hirnquetschung oder so was. Ihr Zustand ist kritisch, man weiß nicht, wie es weiter geht.
Die Ärzte haben sie in ein künstliches Koma versetzt.
Wir können jetzt nur abwarten."

Sanft streichelte Nadine Julias Wangen. „Deine Mama ist stark, sie schafft das."

„Woher willst du das wissen, Nadine? Du hast auch gesagt, dass Thomas ein Kämpfer ist. Und nun ist er tot." blaffte Stephan sie an.

Nadine schluckte Stephans dummen Spruch, um für Julia da zu sein.

„Es tut mir leid, ich muss gehen. Ich muss morgen ganz früh in den Laden."

„Gute Nacht Edda", sagten Stephan und Nadine.

„Ich muss morgen früh erst mal Milchpulver kaufen. Das würde Clara gar nicht gefallen, wenn sie wüsste, dass Jule die Flasche bekommt."

„Wenn sie verhungern würde, fände Clara es auch nicht toll. Also lieber die Flasche."

„Ja, du hast ja recht. Wir haben es uns nur alles anders vorgestellt. Ich sollte der glücklichste Mensch der Welt sein. Stattdessen bin ich den Tränen nahe und weiß nicht, ob ich meine Freundin noch lange habe."

„Ich weiß wie es dir geht, Stephan. Glaub mir. Für mich war es auch nicht einfach, als Thomas im Krankenhaus lag und alles so ungewiss war. Aber du musst jetzt für eure Tochter da sein. Ich helfe dir, wo es nur geht."

„Danke Nadine, ich werde deine Hilfe sicher brauchen und Julia auch."

Nach drei Stunden ging Nadine nach Hause.
Es gruselte sie die Tür zu öffnen.
Doch wenn sie schlafen wollte,musste das wohl sein.

Oh Mann, dachte sie, ich hoffe Clara packt das. Sie ist so stark, aber es ist wirklich schwer. Ich wüsste zu gerne, wer ihr das angetan hat. Und warum? Na ja, die Frage nach dem Wer ist ja wohl beantwortet, der Stalker. Aber warum?

Sie ging hoch in ihr Schlafzimmer und fiel müde, ohne sich umzuziehen, in ihr Bett und schlief ein.

Kapitel 13

Hallo schöne Frau, ich hätte dich ja lieber in deinem roten Seiden-Nachthemd gesehen, aber auch so siehst du umwerfend aus. Ich sehne mich nach dir, jeden Tag stelle ich mir vor, wie es wäre deine vollen Lippen zu küssen und deine langen roten Haare zu streicheln. Nadine, du gehörst zu mir.

Es war 8.56 Uhr, als Nadine diese Whats-App-Nachricht las. Am liebsten hätte sie sich übergeben bei dem Gedanken, dass dieser Perverse in ihr Fenster schaute und ihr beim Schlafen zusah.

Sie wusste nicht wieso, doch sie schrieb zurück.

Hallo, wer bist du? Warum gerade ich? Was findest du so toll an mir?

Nadine rechnete nicht damit, eine Antwort zubekommen, doch kurz danach kam diese auch schon:

Du bist die schönste Frau, die ich kenne. So lieb und immer für alle da. Thomas hat dich nie zu schätzen gewusst. Er hatte dich nicht verdient.

Wer bist du? Können wir uns treffen? Ich würde dich gerne kennenlernen

Nadine konnte kaum glauben, dass sie dem Stalker das geschrieben hatte und sie wusste genau, dass es besser gewesen wäre zu Kommissar Lehmann zu gehen oder Steffi Bescheid zu sagen.
Trotzdem, sie musste es endlich wissen, wer das war.

Um die Zeit rum zu bekommen, surfte sie eine Weile auf Facebook.
Doch auch nach einer Stunde kam keine Antwort.
Nadine beschloss erst einmal duschen zu gehen und abzuwarten ob eine Antwort käme.
Allerdings war es wohl besser, wenn sie keine Antwort bekommen würde.

Das Haus war so leer, seit Thomas nicht mehr da war.
Ob ein Verkauf es besser machen würde? Oder vielleicht eine Renovierung?
Auf jeden Fall ein neues Schlafzimmer, ein schwarzes Bett aus Leder, oder doch ein Holzbett?
Einen coolen Schwebetüren-Schrank mit einem großen Spiegel.

Das Klingeln ihres Handys riss Nadine aus ihren Gedanken.

Ich freue mich dich zu treffen. Wir sollten uns in dem alten Schloss in Ebelsbach treffen. Von hinten kommen wir ungesehen rein. Ich warte unten im Schloss auf dich. Heute Abend um 20.00 Uhr. Zieh dich hübsch an

Ich werde da sein, antwortete Nadine mit einem dicken Kloß im Hals.

Gott wie ich mich auf dich freue!

Nadine konnte sich den ganzen Tag nicht konzentrieren. Selbst der Besuch bei Stephan und der kleinen Julia konnte ihre Nervosität nicht bändigen.

„Was ist denn los, Nadine? Geht es dir nicht gut?", fragte Stephan.

Einen Moment lang blitzte der Gedanke in ihr auf, dass auch Stephan der Stalker sein könnte, ihn kannte sie am wenigsten.
Und mittlerweile traute sie jedem alles zu, Nadine konnte niemandem mehr vertrauen.
Aber natürlich durfte sie das nicht zeigen.

„Es ist alles in Ordnung, ich hoffe nur, dass es Clara schnell besser geht", antwortete sie.

„Das hoffe ich doch auch. Der Arzt meinte, es ist bis jetzt unverändert und das wäre gut so, zumindest ist es nicht schlimmer."

Nadine stimmte ihm zu.
Er würde sie sicher von dem Treffen abhalten, wenn er wüsste, warum Nadine wirklich so nervös war. Es sei denn, er wäre der Stalker, dann wüsste er es schon.
Aber das würde sie ja in wenigen Stunden erfahren.

Gegen Nachmittag ging Nadine nach Hause.
Sie versuchte sich abzulenken, doch egal ob Facebook, Netflix oder ein Buch, es klappte nichts.
Ihre Nervosität stieg von Stunde zu Stunde.
Um 19 Uhr beschloss sie einen Spaziergang zu machen, um dann gleich zum Schloss zu gehen.
Seit es vor einigen Jahren in dem Schloss gebrannt hatte, war es gesperrt.
Niemand hatte Zugang, doch auf der Rückseite hatten Jugendliche ein Loch in den Zaun geschnitten, um dort Partys zu feiern.

Um 19.58 war Nadine am Schloss.
Sie hatte an eine kleine Taschenlampe gedacht, doch die brachte nicht wirklich viel.
In dem Gebäude sah Nadine einen Strauß roter Rosen

mitten im Raum stehen.

„Hallo?", fragte Nadine in den leeren Raum.

„Ich freue mich, dass du gekommen bist."

Nadine kannte die Stimme, das wusste sie auf Anhieb.
Doch durch den Hall im Raum konnte sie weder sagen
wo die Stimme herkam, noch von wem genau sie war.

„Die Blumen sind für dich Nadine, komm näher, sieh sie
dir an."

Sie ging langsam einige Schritte vorwärts, bis sie an dem
Strauß ankam.

Plötzlich legten sich zwei Hände auf Nadines Schultern,
sie zuckte vor Schreck zusammen und spürte den Atem
im Nacken.

„Schhhh, keine Angst. Du riechst gut."

Nadine fiel es wie Schuppen von den Augen. Sie kannte
die Stimme nicht nur, sie war ihr vertraut.
Wie viele Stunden hatten sie zusammen verbracht? Wie
viele Nächte gemeinsam geredet und wie viele Jahre
lang Freud une Leid geteilt?

„Du? Was? Aber warum?"
Nadine drehte sich um und sah dem Stalker genau in die
Augen.

„Weil ich dich liebe, Nadine!"

Für Nadine brach eine Welt zusammen. Sie wollte
einfach nicht glauben was sie sah.

„Das ist doch Blödsinn. Du spinnst wohl. Warum hast du Clara das angetan? Und dann auch noch besorgt tun. Edda, ich verstehe das alles nicht. Du warst doch mit Paul zusammen und eine Freundin hattest du doch sonst nie."

„Rate mal, warum Paul gestorben ist. Er wollte es nicht wahr haben, dass ich nichts mit ihm anfangen konnte. Er musste weg, er musste Platz machen. Platz für dich. Ich bin schon völlig hin und weg, seit ich dich das erste Mal gesehen habe."

„Edda, das ist Bullshit. Warum haben wir nie gemerkt, dass du auf Frauen stehst?"

„Weil ihr gar nichts von mir wisst und euch einen Dreck um meine Gefühle geschert habt. Dein Hund war immer wichtiger, deine kleinen Probleme. Ob du vielleicht arbeiten sollst, weil dir langweilig ist, ein Kind oder doch kein Kind. Claras Festivals und Männergeschichten. Für euch war doch immer alles andere wichtiger als ich."

„Ist das dein Ernst? Wie viele Nächte habe ich mir deine Geschichten angehört? Von deinen Eltern, die dich ver-prügelt haben, von deinem Freund, der dich misshandelt hat und all den Schlägen von deinem Bruder?"

„Genau deswegen Liebe ich dich doch Nadine. Weißt du nicht mehr? Damals in der Wohngruppe, als wir uns geküsst haben? Hat dir das denn nichts bedeutet?"

„Edda, wir waren fünfzehn und hatten was getrunken, es war einfach nur ein Kuss. Zwei Teenies, die mal wissen wollten wie man knutscht."

„Für mich war es mehr, ich habe das erste Mal Liebe

gespürt. Du warst für mich da und hast mir zu gehört."

„Das machen Freunde so. Das hat nichts damit zu tun, dass ich in dich verliebt bin. Du warst wie eine Schwester für mich, eine Schwester die ich nie hatte."

Edda ging einige Schritte auf Nadine zu und nahm ihre Hände.
„Scheinbar empfindest du ja auch was für mich, sonst wärst du doch nicht gekommen."

Nadine riss ihre Hände von Edda los. Es ekelte sie an die Frau die ihren Mann getötet hat so nah an sich heran zu lassen.

„Ich bin hier weil ich wissen wollte, wer meine Freundin ins Krankenhaus gebracht hat."

„Sie hat mich gesehen, sie wusste wer ich bin. Ich konnte nicht zu lassen, dass sie es dir erzählt."

„Und die ganzen anderen Frauen, die ermordet wurden? Was haben sie dir getan?"

„Sie waren nicht wie du. Keine von ihnen hatte diese wundervollen roten Wellen in den Haaren, keine hatte deine fantastischen Lippen oder deine zarte Haut. Keine von ihnen war so sexy wie du. Sie wollten nicht bei mir sein."

„Und diese Tattoos?"

„Die waren für dich. Schau, ich habe auch eins. Die Rose als Symbol für unsere Liebe."

Nadine wurde schlecht bei dem Gedanken dass die

Person der sie am meisten vertraute so etwas getan hat.

„Edda, ich gehe, das wird mir jetzt zu viel. Die Polizei wird schon wissen, was sie mit dir macht."

Nadine ging auf den Ausgang zu, während Edda sie von hinten mit einem Seil würgte.
Sie brachte keinen Ton heraus, wahrscheinlich hätte es ohnehin keiner gehört. Während das kratzige Seil sich immer enger um ihren Hals schnürte, versuchte sie gegen ihren Körper anzukämpfen und stehen zu bleiben.
Es dauerte nicht lange, bis ihre Beine nach gaben und sie zu Boden sank.
Edda hatte Mühe, den bewusstlosen Körper ihrer Freundin durch das Loch im Zaun zu bekommen und in ihr Auto zu legen.

Von der kurzen Autofahrt und wie Edda sie ins Haus schleppte, bekam Nadine nichts mit. Erst später wachte sie langsam auf, ihr Hals schmerzte und ihr Mund fühlte sich trocken an.
Ihr war unangenehm kalt und sie konnte sich kaum bewegen.
Als sie den Blick im Raum umherschweifen ließ, erkannte sie genau wo sie war.
Den Wandteppich hatte sie selber mit aufgehangen und auch die blaue Couch darunter hatte sie selbst mit rein getragen.
Es war Eddas Keller, ihr kleiner Rückzugsort, wo sie oft zusammen Filme geschaut haben, Spieleabende hatten oder nach ein paar Cocktails auf der Couch eingeschlafen waren, statt nach Hause zu fahren.
Nadines Knöchel schmerzte.
Als sie ihren Kopf hob, sah sie ein Rosen-Tattoo auf ihrem Bein.
Was? Was hat Edda da gemacht? Was hatte sie sich da-

bei gedacht?-
Während sie an sich runter sah, merkte sie, dass ihr Körper fast nackt war.
Ihre Bluse war aufgeknöpft und der schwarze Spitzen-BH verdeckte als einziges ihre Brust.
Die Hose hatte Edda ihr komplett ausgezogen und der knappe schwarze Tanga bedeckte nicht mehr viel Haut.

„Ach du bist wach, mein Liebling. Sie nur wie schön du bist."

„Was soll dieses Tattoo, Edda?"

„Es zeigt allen, das wir zusammen gehören. Und es sieht wunderschön an deinem perfekten Körper aus."

„Ich habe Cellulite und sicher zehn bis fünfzehn Kilo zu viel auf den Rippen. Ich glaube du weißt nicht was perfekt ist."

Edda streichelte Nadines weiche Haut.
Langsam tasteten sich ihre Hände vom Hals runter zu den festen Brüsten und glitten langsam über den Bauch bis zu ihrem kleinen Höschen.
Edda stoppte am Gummibund des Tangas und flüsterte Nadine etwas zu: „Damit warten wir noch. Ich kann es kaum erwarten dich ganz zu spüren."

Nadine kullerten Tränen über die Wangen, welche Edda bemerkte.

„Nicht weinen. Du siehst viel hübscher aus ohne Tränen. Weißt du noch? Dein Urlaub in Österreich? Der Schnee brachte deine rot geschminkten Lippen so unfassbar gut zur Geltung.
Ich werde dir einen neuen Lippenstift kaufen. Ich

möchte deine roten Lippen so gerne küssen."

„Ich will keinen roten Lippenstift, ich will hier weg. Stephan wird sicher nach mir suchen. Ich habe ihm versprochen auf Julia aufzupassen, wenn er ins Krankenhaus geht."

„Siehst du, wieder geht es um die anderen und nicht um uns. Denkst du ich bin blöd? Ich habe ihm schon geschrieben, dass es dich alles zu sehr an Thomas erinnert und du ein paar Tage weg gefahren bist. Er hat auch mir schon geschrieben und ich habe ihm bestätigt, dass du weg gefahren bist."

Edda streichelte zärtlich Nadines Wange und strich ihr über die vollen Lippen, sie presste ihre Finger fest in Nadines Wangen und drohte ihr: „Ich gehe jetzt einkaufen, wehe du schreist. Das hört sowieso keiner."

Nadine versuchte sich von ihren Fesseln zu befreien, doch es gelang ihr nicht.
Sie hatte keine andere Wahl als sich ihrem Schicksal zu fügen.
Wie konnte sie nur auf sich aufmerksam machen? Wie sollte sie irgendwen erreichen? Edda hatte recht, hier oben auf dem Berg war sie das letzte Haus und die Fenster waren komplett dicht. Es würde sicher niemand hören und es würde wohl eh keiner an dem Haus vorbei kommen.

Nach einer Weile kam Edda wieder. „Ich habe dir was mitgebracht, meine Schöne." Sie nahm einen dunkelroten Lippenstift aus ihrer Tasche und wollte Nadines Lippen schminken. Aber sie wand sich und dreht den Kopf weg von Edda.
Doch Eddas starke Hände hielten Nadines Kopf fest,

während sie den Lippenstift auftrug.

„Wahnsinn, wie er zu deinen Augen passt. Die Farbe ist perfekt für dich. Ich habe noch etwas für dich. Ein Kleid, ist es nicht wunderschön?"

Nadine würdigte das Kleid kaum eines Blickes.
Es war ein einfaches schwarzes knielanges Kleid mit einem weiten Rock und einem tiefen Ausschnitt, der von Spitze bedeckt war.

Nadine schaute sich nach einer Fluchtmöglichkeit um, aber es gab nur ein kleines Fenster und keine Waffen oder was anderes, das man als Waffe hätte nehmen können.
Aus der Tür schaffte sie es auch nicht, wenn Edda davor stand.
Sie war ihr schutzlos ausgeliefert.
Doch sie wollte sich Edda auch nicht völlig kampflos ergeben.

„Ich zieh das nicht an. Vergiss es."

„Du wirst es anziehen, glaube mir. Ich mache jetzt deine Hände los. Und wehe du machst irgendwelche Mätzchen."

Edda band Nadine los und streifte ihr langsam die Bluse runter.
Als sie ihr das Kleid angezogen hatte, fesselte sie Nadine wieder und ging kommentarlos nach oben.

Kapitel 14

„Clara, ich wünschte du würdest endlich aufwachen. Nadine hat mich jetzt auch noch alleine gelassen. Sie braucht Abstand hat sie geschrieben, erst sagt sie, sie ist für uns da und dann haut sie ab. Aber gut, irgendwie verstehe ich das auch. Die Sache mit Thomas ist ja noch nicht so lange her, ich kann mir schon vorstellen, wie sehr es sie mitnimmt, dass du jetzt im Krankenhaus bist. Übrigens habe ich Jule bei der Nachbarin gelassen, sie ist so süß mit der Kleinen und sie hat mir gesagt, wie sehr sie sich Enkel wünscht. Morgen bringe ich die Kleine wieder mit, dann kannst du mit ihr kuscheln, sie ist immer so ruhig bei dir. Ich glaube sie vermisst dich sehr. So wie ich auch.
Sobald du wieder fit bist, machen wir einen Urlaub, einen schönen langen Urlaub, wohin du willst."

„Hallo, ich muss nur schnell die Temperatur messen und die Werte notieren."

Stephan nickte der Krankenschwester zu.
„Ich habe gehört es hilft mit Komapatienten zu reden."

„Ihre Freundin liegt in einem künstlichen Koma, die Ärzte werden sie aus dem Koma holen, sobald es ihr besser geht.
Aber reden Sie ruhig mit ihr, das schadet auf keinen Fall. Und wer weiß, wie viel sie mitbekommt."

„Das stimmt. Danke."

„Gerne, schönen Tag dann noch."

Stephan fühlte sich bestätigt und erzählte Clara alles

mögliche von dem Tag, von der Nacht mit Julia, die
dauernd wach geworden ist und viel geweint hat wegen
ihren Blähungen und dass die ersten Schneeglöckchen
wuchsen.
Es tat ihm unglaublich gut, sich alles von der Seele zu
reden, auch wenn es scheinbar nur belangloses Zeug
war.
Dass Clara zur selben Zeit gefesselt in Eddas Keller lag,
ahnte er nicht.
Wie sollte er auch? Es war einfach unvorstellbar.

Nadine hatte Zeit, mehr als genug Zeit am Tag. Edda ging
pünktlich um 8.30 Uhr aus dem Haus und kam um 16
Uhr wieder.
Sie hatte keine Ahnung, was Edda alles machte, doch
sicher lebte sie einfach ihr normales Leben.
Ging auf die Arbeit, kaufte ein, kochte etwas zu essen
und machte eben sämtliche belanglose Dinge, die jeder
so machte. Wenn die Leute wüssten, was für eine
Person sie wirklich war …
Dass sie eine kranke Stalkerin und Mörderin war, hätte
sicher niemand vermutet.

„Edda warum hast du meinen Hund getötet? Was hat er
dir getan?", fragte Nadine, als Edda am Abend in den
Keller kam, um Nadine ihr Essen zu bringen.

„Immerzu hattest du diesen Hund dabei, das war doch
schon krankhaft. Außerdem hat er immer gebellt, wenn
ich da war."

„Es war ja nicht nur Muffin, du hast auch meine Kinder
ermordet, nicht wahr?"

„Ich wollte nie, dass dir etwas passiert. Aber ein Leben
mit dir und den Kindern konnte ich mir einfach nicht

vorstellen. Du weißt, ich wollte nie Kinder und dann auch noch Zwillinge, das war unvorstellbar."

„Es waren ja auch meine Kinder und die von Thomas. Du hattest kein Recht darüber zu entscheiden."

„Doch, das hatte ich, ich wollte mit dir zusammen sein und da hätten die Blagen nur gestört."

„Du bist verrückt. Das ist krank Edda, absolut krank."

Edda holte aus und gab Nadine eine Ohrfeige. dass man es im ganzen Keller klatschen hörte.
Nadines Wange färbte sich sofort knallrot.

„Ich bin nicht verrückt, merk dir das", giftete Edda sie an und lief mit dem unberührtem Essen wieder nach oben.

Nadines Keller versteck verwandelte sich in eine Art Gefängnis. Um auf die Toilette zu gehen, hatte Edda ihr einen Eimer hingestellt und eine kleine Schüssel mit Wasser, die sie zweimal am Tag bekam, um sich zu waschen und die Zähne zu putzen.
Auf der Couch durfte Nadine schlafen und an dem Tisch, auf dem sie vor zwei Tagen noch gefesselt war, bekam sie zwei mal am Tag etwas zu essen.

Sie wartete schon auf den Abend, nicht weil sie Edda sehen wollte, sondern weil sie unglaublichen Hunger hatte.

„Ich habe dir was zu essen mitgebracht, Liebes. Nur für dich ein leckerer Linseneintopf mit Mehlklößen.
Und weil du so brav warst, habe ich noch ein Stück Schokoladenkuchen."

Edda ging zu Nadine und strich ihr die Haare aus dem Gesicht. Sie fesselte Nadines Hände und löste die Fußfessel. Während sie ihre Freundin an den Tisch führte, nahm Edda keinen Blick von ihr.
Nadine aß den ganzen Teller leer und auch den Kuchen aß sie auf, obwohl sie schon satt war.
Aber wer wusste schon, wann sie mal wieder etwas Süßes, Kuchen oder was anderes in dieser Richtung bekam.

Edda streichelte ihr über die zarten Lippen.
„Da waren noch Kuchenkrümel. Ich frische mal deinen Lippenstift auf.
Dieses dunkle Rot steht dir so unfassbar gut, ich kann mich kaum daran satt sehen. Komm, stell dich mal dort hin, ich möchte ein Foto von dir in dem Kleid machen. Jetzt steh doch nicht so schüchtern da, zeig doch was du hast. Ja, so will ich dich sehen. Du bist so unfassbar schön, ich kann es nicht oft genug sagen."

Edda setzte sich auf die Couch, die an der kurzen Wand des Kellers stand.

„Setz dich zu mir Nadine. Komm, ich beiße dich schon nicht."

Nadine lief langsam auf Edda zu, sie hatte Angst, aber auch keine andere Wahl.
Was hätte sie tun sollen? Edda schloss die Tür nach oben ab, und wenn Nadines Hände nicht gefesselt waren, dann waren ihre Füße angekettet und der Schlüssel nicht mal annähernd in Reichweite.
Nadine setzte sich ganz in die Ecke der Couch, so als würde Edda dann nicht an sie heran kommen.

„Nicht so schüchtern." Edda streichelte ihr die Haare aus

dem Gesicht und glitt mit ihrer Hand über die Wangen von Nadine.

Sie rutschte näher an ihr Opfer heran, Nadines Herz raste, sie hätte Edda am liebsten weg geschubst.

Doch die reagierte nicht auf Nadines Abneigung, im Gegenteil. Langsam beugte sie sich hin zu den roten Lippen, küsste diese und streichelte Nadines Schenkel.

Nadine drehte sich weg.

„Warum so schüchtern, Liebes? Du willst es doch auch. Die ganze Zeit machst du mir doch schon schöne Augen. Oder bist du wie die anderen? All die, die dir nicht das Wasser reichen konnten? All die, die mich verlassen haben?"

„Nein Edda, so bin ich nicht. Das solltest du wissen. Aber ich hatte bis jetzt nur … na ja, ich weiß nicht wie ich es sagen soll."

„Sag es einfach, sag wenn du mich nicht willst, bin ich nicht gut genug für dich?"

„Jetzt lass doch mal den Quatsch, es liegt nicht an dir. Ich hab nur noch nie … also mit einer Frau, weißt du."

Nadine hatte panische Angst wie die anderen Frauen zu enden die Edda getötet hatte und hoffte dass Edda sie verschonen würde wenn sie ihr Spielchen mit machen würde.

„Ach wie süß, darüber machst du dir Gedanken? Keine Sorge, es wird dir gefallen, ich bin ganz vorsichtig."

Eddas Hand drehte Nadines Kopf zu sich und sie drückte ihr einen Kuss auf.

Die Hand glitt runter zum Hals und drückte zu.

„Ich werde sehr vorsichtig sein, Liebes", flüsterte Edda.

Nadine fing an zu weinen und Tränen drohten ihre
Wangen runter zu laufen.
Diese Blöße wollte sie sich vor Edda nicht geben.
So eine Wut und Kraft kannte sie nicht von ihrer
einstigen Freundin.
Sie hatte Angst, Angst um ihr Leben.
Schließlich hatte sie eiskalt mehrere Frauen ermordet,
Nadines Hund getötet, war ihr nach Österreich in den
Urlaub gefolgt, hatte Thomas überfahren und ihre beste
Freundin fast zu Tode geschlagen.

Nadine erwiderte notgedrungen Eddas Küsse.
Edda schob ihre Hand tief unter das Kleid, bis hin zu
ihrem Tanga, den sie salopp zur Seite schob und Nadine
streichelte. Nadine weinte innerlich und versuchte, sich
nicht anmerken zu lassen, wie widerlich die ganze
Situation für sie war.

„Siehst du wie vorsichtig ich bin. Du bist doch mein
Engel. Wir lassen es ganz langsam angehen."

Edda ließ von Nadine ab, wechselte die Fesseln und ging
nach oben.

Als sie weg war, weinte Nadine bitterlich.
Es kam ihr alles so unwirklich vor.
Sie erinnerte sich, wie sie in Bamberg zu dritt im CaféUp
saßen und eine Bubble-Waffel aßen. Wie sie zum
brunchen gingen oder einfach in Eltmann beim Horst,
der coolen Musikknepe, was trinken waren.
Wie konnte aus der liebenswerten Edda, die sie mit
frischen Hühnereiern versorgte und sich so liebevoll

kümmerte, als Nadine krank war, nur dieses Monster werden?
Diese unglaublich kalte Person, die sie fesselte, missbrauchte und in ihrem Keller festhielt.

Es ging ihr nicht in den Kopf, das passte alles nicht zusammen.
Fast zwei Wochen ging es so, jeden Tag gab es zweimal Essen, jeden Abend nahm Edda sie mit auf die Couch und Nadine tat, was ihr befohlen wurde.

„Hallo? Hallo? Ist hier jemand?"

Die Kellertür öffnete sich und ein Mann kam die Treppe herunter. Nadine zitterte am ganzen Körper und traute sich nicht etwas zu sagen.

„Ich habe sie", rief der Mann die Treppe hoch.

Ein zweiter Mann lief die Treppe runter und Nadine erkannte ihn sofort.
Sie konnte ihr Glück kaum fassen und fing an zu weinen.

„Herr Lehmann, Gott sei Dank. Es war meine Freundin. Es war Edda."

„Das wissen wir, Frau Wolf. Ihre Freundin Clara ist aufgewacht und hat uns alles erzählt."

Er band Nadine los und begleitete sie nach oben, wo Steffi sie in Empfang nahm.

„Hey Nadine, der Krankenwagen wird dich ins Krankenhaus bringen, sie müssen dich untersuchen und danach müssen wir dich befragen."

Nadine nickte, sie konnte nicht reden, sie weinte einfach nur noch.

Am nächsten Tag bekam Nadine Besuch von Stephan.

„Nadine, wie geht es dir? Ich soll dich ganz lieb von Clara grüßen. Es geht ihr viel besser, aber sie muss noch eine Weile im Krankenhaus bleiben."

„Danke, es wird schon wieder. Ich hätte nie gedacht, dass Edda zu so etwas fähig ist."

„Das hat wohl keiner geglaubt. Dann war sie es, die mir geschrieben hat, dass du weg gefahren bist. Es tut mir leid, dass ich es einfach so geglaubt habe."

„Wie hättest du es wissen sollen, dass sie es war? Aber jetzt gib mir doch lieber meine kleine Julia. Wahnsinn, das kann doch gar nicht sein, wie sie in den zwei Wochen gewachsen ist."

Nach einigen Tagen durfte Nadine nach Hause und auch Clara durfte wenige Tage später das Krankenhaus verlassen.

Einige Wochen vergingen, Clara und Nadine trafen sich regelmäßig.
Doch Nadine kam nie klar mit dem, was geschehen war.

„Clara, Stephan, ich, ich muss euch was sagen."

„Nadine, was ist denn los? Was ist so wichtig, dass du es Stephan und mir sagen willst?"

„Na ja, ihr beiden seid meine einzige Familie. Thomas ist tot, Edda hat ... auf jeden Fall seid ihr mir wichtig und ich möchte es euch zuerst sagen."

„Los, jetzt spann uns nicht so auf die Folter", sagte Stephan.

„Ich ziehe um. Ihr wisst, dass ich Ebelsbach liebe und immer gerne hier gewohnt habe. Aber ich ertrage dieses Haus nicht mehr, ohne Thomas ist es viel zu groß. Ich kann nicht mal einkaufen gehen, ohne mitleidig angeschaut zu werden oder irgendwie angesprochen zu werden, was passiert ist. Die Zeitungen waren voll davon und jeder weiß, was los war. Das ertrage ich nicht länger."

„Ach Mensch, wo willst du denn hin? Ich würde dich ja bei uns einquartieren, aber Jules Zimmer und Stephans Rollenspielraum geben nicht all zu viel Platz her."

„Quatsch, ich will doch gar nicht bei euch wohnen. Ich denke, ich vermiete das Haus und reise erst mal. Es gibt so viel, das ich sehen will. Erstmal fange ich an mit Hamburg und nach Berlin möchte ich auch, München habe ich mir auch noch nie so genau angesehen. Danach vielleicht Paris, Rom oder London, nach London wollte ich schon immer mal fliegen."

„Dass du nochmal so verrückt wirst Nadine, das hätte ich nicht gedacht. Seit wir uns kennen, warst du immer die Vernünftige."

„Ich muss das tun Clara, ich komme sicher wieder nach Ebelsbach zurück, hier bin ich aufgewachsen, hier bin ich zuhause, aber ich brauche wirklich Abstand und Zeit für mich."

„Das verstehen wir doch. Stimmt's Clara?"

„Ja klar, aber traurig bin ich trotzdem."

„Ich doch auch. Jetzt muss ich auch noch weinen. Es dauert ja auch noch eine Weile, bis es so weit ist. Außerdem ist ja noch die Verhandlung und so weiter. Aber es steht fest, ich werde gehen."

Ende

Bibliografische Information der Deutschen
Nationalbibliothek: Die Deutsche
Nationalbibliothek verzeichnet diese Publikation
in der Deutschen Nationalbibliografie;
detaillierte bibliografische Daten sind im
Internet über http://dnb.dnb.de abrufbar.

© 2019 Charlotte Bach
c/o AutorenServices.de
Birkenallee 24
36037 Fulda

Herstellung und Verlag: BoD – Books on
Demand, Norderstedt

ISBN: 978-3-7494-3424-4